Alexandre Poisson du Sérail

Les dossiers troubles d'Archilexe

DU RIFIFI CHEZ LES EXPERTS

Roman

ISBN 978-2-9562207-4-9

Les dossiers troubles d'Archilexe
Divagation historique

Chapitre I
Bernard

Bernard n'est pas un personnage malheureux, il n'est pas non plus un être extraordinaire, il est juste un ingénieur, polytechnicien, comme il y en a des milliers. Mais il est ingénieur jusqu'au bout des ongles et, même quand il dirigeait des entreprises ou conseillait des clients illustres comme des ministres ou des organismes publics, il n'oubliait jamais que toute technique a ses bases scientifiques incontournables et que toute dépense doit, un jour ou l'autre, être comblée par une recette. Pour lui, tout est possible à condition de respecter ces fondamentaux. Il a plusieurs fois sauvé du désastre des entreprises qui avaient été trop vite condamnées pour infaisabilité. Il savait faire ce que d'autres jugeaient impossible. C'est ainsi qu'il a bâti sa réputation dans le monde de la télévision, de la radio et des médias qui était le sien.

Un jour qu'il déjeunait avec un avocat, qui l'avait assisté dans la constitution et dans le déroulé d'un gros dossier techniquement et juridiquement difficile, celui-ci lui disait :

—   Vous savez, je vous verrais bien expert judiciaire…

—   C'est quoi, expert judiciaire ?

—   C'est, ou plutôt ça devrait être, quelqu'un comme vous qui connaît bien ce dont il parle et qui est capable de débrouiller pour le juge le vrai du faux dans un dossier technique tellement embrouillé que même les protagonistes ne sont plus très sûrs de le comprendre…

—   Ne me prêteriez-vous pas, par hasard, des qualités que je n'ai pas ?

—   Écoutez, je vous ai monté le dossier juridique de cette affaire chypriote, mais tout le monde, autour de vous, attendait que vous vous plantiez parce que les moyens alloués par le ministère des affaires étrangères étaient notoirement insuffisants et que l'environnement britannnico-franco-libano-chypriote du dossier était scabreux.

—   Oui, on m'a même reproché le montant de vos honoraires… Pourtant grâce aux volumineux contrats que vous m'avez rédigés, cet embrouillamini juridique international ne m'a jamais posé problème et le chantier a pu être terminé en temps et en heure. L'Anglais m'a même félicité pour la précision de son contrat.

—   Et pourtant, même sans aucun aspect international, terminer un chantier de cette ampleur et de cette complexité en temps et en heure, ce n'est pas courant.

—   Oui, ils me l'ont dit. Quand je m'inquiétais de n'avoir pas reçu le solde de la subvention du ministère des affaires étrangères alors que le chantier était achevé, le directeur m'a dit qu'il attendait le budget des dépassements pour la verser…

—   Vous voyez…

—   Oui, je vois bien, mais à l'époque je ne voyais pas. Je lui ai dit qu'il n'y avait pas de dépassement, parce qu'il n'y en avait pas. Alors il m'a regardé d'un drôle d'air et il m'a demandé un bilan de clôture et un rapport détaillés pour le prouver… Apparemment, pas de dépassement, ça n'entrait pas dans ses schémas de pensée d'ordonnateur de dépense publique. Mais quel rapport avec l'expertise judiciaire ?

—   Tout… L'expert judiciaire est celui qui sépare le vrai du faux dans le fatras de conneries dont les juges sont abreuvés par les justiciables.

—   Vous n'êtes pas en train de me dire qu'un grand cabinet comme le vôtre abreuve les juges de conneries, quand même ?

—   Un peu quand même. Souvent les clients sont tellement persuadés que leur avocat ne va pas bien comprendre leur dossier qu'ils en viennent à le falsifier…

—   Falsifier un dossier de justice, c'est grave, cette accusation…

—   Non, pas falsifier les pièces du dossier, ça nous, au cabinet, nous sommes assez futés pour le voir.

—   Alors quoi ?

—   Pécher par omission, falsifier le dossier en taisant, même à leur avocat, les éléments qu'ils estiment mauvais pour eux…

—   Non ?

—   Mais si… Alors je suis souvent obligé de leur imposer un expert judiciaire…

—   Mais ne m'avez-vous pas dit qu'un expert judiciaire travaillait pour le juge, alors il ne peut pas travailler pour vous…

—   Si, si, il peut. Évidemment, dans ce cas, le juge ne le chargera pas de l'expertise… Mais l'intérêt de faire travailler un expert inscrit sur une liste d'experts judiciaires est que je peux dire à mon client que c'est à cause de sa qualité d'expert inscrit que je le fais travailler, pas à cause de sa compétence… Parce que les clients n'aiment pas que l'on émette des doutes sur leur compétence, surtout si ça sous-entend que cette compétence pourrait être ne serait-ce que comparable à celle de leur imbécile d'adversaire qui dit le contraire de leur point de vue… Alors le rôle que j'assigne à l'expert est de les faire accoucher des points faibles de leur dossier…

—   La maïeutique socratique, en quelque sorte…

—   Oui, tout à fait…

—   Intéressant, en effet, et que faut-il faire pour être expert judiciaire ?...

Un an après, Bernard prêtait serment d'expert devant la Cour d'appel de Paris, dans l'antique et solennelle salle d'audience de sa première chambre.

« Je jure, d'apporter mon concours à la Justice, d'accomplir ma mission, de faire mon rapport, et de donner mon avis en mon honneur et en ma conscience. »

Chapitre II
Gérard de Saint-Agil

En décembre 2001, Bernard était expert judiciaire depuis quatre ans et il avait une activité judiciaire à un niveau modéré mais régulier. Il menait cette activité en marge de la direction de son petit cabinet d'ingénieur-conseil qui employait deux jeunes ingénieurs.

Les experts judiciaires sont un monde qu'il découvrait et qui l'intéressait. Il aimait la haute teneur de leurs réflexions sur la justice, sur la science, sur le vrai et le faux, sur le juste et l'injuste, sur l'équitable et l'inique… En revanche il commençait à être déçu par l'esprit de chapelle qui en animait certains, prêts à tout pour devenir présidents d'une compagnie d'experts ou pour obtenir une décoration. À côté d'eux, il y avait de brillants esprits qu'il admirait beaucoup, comme son ami et aîné, Martin Boussac, qui l'a, en quelque sorte intronisé au monde de l'expertise judiciaire ou le président de la FNCEJ, Fédération Nationale des Compagnies d'Experts Judiciaires, Gérard de Saint-Agil.

C'est en participant à l'animation du congrès national des experts judiciaires, à Toulouse en 2000 qu'il a sympathisé avec Gérard de Saint-Agil. C'était un solide gaillard, franc et énergique, qui n'hésitait pas à trancher quand il le fallait et à appeler un chat un chat en face d'experts, pas toujours sûrs d'eux et plus habitués aux circonlocutions élusives qu'à la franchise directe.

Gérard de Saint-Agil avait de grandes ambitions pour la FNCEJ, la « Fédé », comme d'aucuns l'appelaient familièrement. Sa référence était le barreau de Paris qui offrait nombre de services à ses membres. Il n'était évidemment pas question pour la Fédé d'acheter un hôtel particulier sur l'Île de la Cité comme les avocats, mais il lui voyait au moins une maison virtuelle qui offrirait une palette de services aux experts. Il avait déjà appelé cette maison "Maidex" pour maison de l'expert.

— Bernard, avec le conseil d'administration, nous avons pensé que le premier service que pourrait offrir Maidex est une plateforme de dématérialisation de l'expertise. Faire en sorte qu'il ne soit plus nécessaire de faire ces tonnes de documents imprimés et de photocopies, sans pour autant perdre en qualité et en fiabilité procédurales…

— Ah, oui, j'avais déjà évoqué ce sujet avec Frédéric Canet au cours du congrès de Toulouse. Techniquement, un dossier d'expertise a deux caractéristiques principales : il est contradictoire et confidentiel…

— C'est clair ! Et cela vous inspire ?

— Oui, oui, tout à fait. Il suffirait que chaque expertise soit dotée d'une plateforme internet sécurisée propre, à laquelle tous les participants à l'expertise auraient accès…

— Tous les participants ?

— Oui, l'expert, ses sapiteurs, les avocats, le juge qui contrôle l'expertise… Tous pourraient y déposer un document et consulter les documents que les autres y auront déposés… Et de manière confidentielle.

— Si tout le monde y a accès, ce n'est pas confidentiel…

— Pas tout le monde, seulement les participants à cette expertise. Il y aurait une plateforme par expertise… Oui, oui, je vois assez bien ça… Je ne saurais pas faire ça tout seul. Je connais bien l'internet en tant que média et les télécommunications en tant que technique, mais l'informatique pure, les lignes de code et tout ça, j'en ai horreur et, en plus, ou peut-être parce que je n'aime pas, je n'y connais pas grand-chose… Il faudrait que je fasse ça avec un informaticien.

— Les experts en informatique, ça ne manque pas… Vous trouverez bien.

— Oui, j'en connais plusieurs, pas de problème. Écoutez, je prends les contacts, je fais un avant-projet et on en reparle… mais ça ne sera pas gratuit. Même si le service est payant, il y aura déjà des dépenses de développement.

— Bien sûr…

— Et il faudra aussi des dépenses de marketing parce qu'un tel service est novateur, il faudra le faire connaître avant de pouvoir le vendre.

— Oui, c'est clair, nous avons l'intention de faire de Maidex une SARL qui sera la filiale commerciale de la Fédération.

— Ah oui, très bien ! Son capital pourra financer les besoins de trésorerie en phase de démarrage, jusqu'à ce que les produits équilibrent les charges.

— C'est bien l'idée…

Après cette conversation, Bernard a proposé à son ami Joseph Damido, expert en informatique reconnu, professeur à la Sorbonne, de s'associer pour créer la plateforme Maidex.

La création d'un serveur informatique spécifique à l'expertise judiciaire était un sujet relativement facile, c'est simplement ce que l'on commençait à appeler une plateforme de co-working. Le problème était de l'adapter aux spécificités du monde de l'expertise et aux exigences du monde judiciaire.

A cet égard, les contacts que Bernard a eus avec les avocats du barreau de Paris et du Conseil National des Barreaux ont été très favorables à condition que la sécurité de Maidex soit à la hauteur de la sécurité que le ministère de la justice impose aux avocats pour leur réseau privé.

Il a recherché les entreprises françaises susceptibles de produire des outils de sécurisation de cette nature et il n'en trouva qu'une, la société Certifrance.

La difficulté de l'exercice résidait dans la nécessité de s'assurer que celui qui se connecterait à la plateforme serait bien celui qu'il prétendrait être. Les sites internet usuels utilisaient un identifiant et un mot de passe, ce qui était ici une sécurité insuffisante parce qu'identifiant et mot de passe pouvaient être copiés et que la copie échappait alors à son titulaire. La justice estimait ce risque inacceptable du point de vue procédural. Il fallait que le raccordement à la plateforme ne pût être fait qu'avec un outil incopiable et propriété indubitable de son titulaire. Aujourd'hui, on fait cela avec un smartphone, mais à l'époque les smartphones n'existaient pas et le seul procédé utilisant un téléphone portable, dont la carte SIM était bien un élément incopiable et indubitable qui répondait à la question, était d'un maniement difficile. La société Certifrance, elle, fournissait déjà les avocats en clés USB sécurisées. Bernard leur a donc demandé d'en proposer aussi aux experts parce que ce serait le meilleur moyen d'accéder à sa plateforme sécurisée Maidex.

Pour le développement de la plateforme elle-même, Bernard et Joseph avaient créé une SARL et ont été en pourparlers successifs avec plusieurs prestataires informatique pour, finalement, conclure avec le même Certifrance qui serait donc le seul partenaire industriel de Maidex et de ses abonnés. Maidex pour qui elle développera le logiciel et ses abonnés à qui elle vendra des certificats à puce cryptographique sur clés USB.

Entretemps, Gérard de Saint-Agil continuait à élaborer son grand projet pour les experts et Maidex y avait vocation à gérer différentes catégories de services aux experts, pas seulement la dématérialisation. Bernard et Joseph Damido ont ainsi créé une SARL dédiée à cet espace de télétravail d'expertise et l'ont appelé Cybex, c'est la plateforme logicielle Cybex de la SARL Cybex qui allait devenir Archilexe.

Bernard et Joseph ne ménageaient pas leur peine. La société Archilexe était installée rue Ruhmkorff dans le dix-septième arrondissement, près de la Porte Maillot et ils y passaient plus de temps qu'à leurs cabinets respectifs. Le projet prenait tournure. La plateforme de dématérialisation de la Fédération, Cybex était devenue un produit assez alléchant.

Mais nombre d'experts, spécialement parmi ceux que Bernard surnommait les caciques, c'est à dire les plus vieilles figures du monde expertal, étaient ouvertement opposés à ce produit parce qu'ils n'avaient pas d'ordinateurs sur leur bureau et en auraient-ils eu qu'ils ne savaient pas les utiliser, c'étaient des experts comptables ou autres titulaires de très gros cabinets dans lesquels ils employaient encore des dactylos, des dictaphones et des parapheurs... Un jour de 2003, Bernard a été consterné d'entendre un expert de renom, polytechnicien comme lui, lui dire fièrement

—   J'ai modernisé mon cabinet, je viens d'acheter un fax !

—   Ah ? répondit-il ironiquement et as-tu pensé à un télex ?

—   Non, pourquoi ? C'est mieux ?

Surréaliste, a dit plus tard Bernard à son ami Martin Boussac à qui il relatait cette conversation, un jour qu'ils déjeunaient à la terrasse de la Closerie, comme ils avaient pris l'habitude de le faire quand Bernard, jeune expert, avait besoin d'être cornaqué par son ancien.

—   Tu sais, lui-a-t-il répondu, tu découvres l'envers du monde des experts. C'est un monde parcouru de courants souterrains rétrogrades, et de caciques, comme tu les appelles, qui se jalousent les uns les autres plus que de vieilles actrices hollywoodiennes. Tu es un homme de l'avenir, puisque tu crées Archilexe, et tu as raison, alors tu te heurtes à l'hostilité de caciques rétrogrades qui pensent se passer d'informatique, de la même manière que moi, qui suis juif, je me heurte aux

14

caciques qui utilisent l'antisémitisme pour se pousser du col… A cet égard, tu as été courageux de prendre Joseph Damido comme associé ! La plupart de ces vieux croûtons pour qui le statut d'expert judiciaire est le couronnement d'une carrière médiocre, tueraient père et mère pour accéder au fauteuil de président de la Fédé… Alors, tu comprends que Gérard de Saint-Agil, qui est un grand président de la Fédération, n'a pas que des amis…

— Je te trouve bien pessimiste.

— Non, réaliste… Ceux qui prennent leur engagement dans les instances expertales juste comme une activité bénévole au service de leurs confrères, comme Saint-Agil et toi, vous n'êtes pas bien nombreux…

— Et pour les autres, c'est quoi ?

— Je ne sais pas, peut-être l'assouvissement d'un désir de reconnaissance insatisfait, peut-être le plaisir de sortir du rang *primus inter pares,* peut-être la légion d'honneur qui est régulièrement décernée aux présidents de la Fédé.

— Mais enfin, président de la Fédé, c'est nul ! C'est juste incroyable que ça suscite autant de convoitises…

— Le monde est comme ça. Je suis sûr que, si le titre de roi des cons existait réellement, ils seraient nombreux, ceux qui le brigueraient ! Tu es un idéaliste, toi… Tu vois, la statue, là ? lui dit-il en désignant une grande statue de bronze juste devant la terrasse du restaurant.

— Oui, c'est le maréchal Ney. C'est un ancêtre par la famille de ma mère…

— C'est drôle que tu me dises ça. Tu me fais penser à lui. Je te vois assez bien quitter un jour le monde des experts judiciaires comme il a quitté le monde des vivants « Visez droit au cœur, c'est là que doit mourir un brave » a-t-il ordonné à son peloton d'exécution.

— Oui, je sais. À la Restauration, il s'est laissé arrêter par Fouché après s'être refusé à fuir la France comme tous ses amis l'y engageaient…

— Le monde n'est pas fait pour les idéalistes… Le monde des experts ne déroge pas à la règle.

Chapitre III
Jacques Kessel

L'homme qui succéda à Gérard de Saint-Agil à la tête de la Fédération s'appelait Jacques Kessel. Petit-fils et fils d'hommes illustres, il était lui-même un honnête ingénieur, ni plus ni moins. Il était compétent, mais pas toujours sûr de lui, courageux, mais pas au point de prendre des risques, c'était un Français moyen de la fin du vingtième siècle, à peine un peu « out » en ce début du vingt-et-unième.

Martin Boussac disait de lui : « De ces grandes familles bourgeoises, on a coutume de dire que, si le grand père est un aigle, le père n'est qu'un faucon et son fils un vrai ». C'était injustement méchant parce que l'intelligence de Jacques était nettement au-dessus de la moyenne mais sa personnalité incertaine était loin de lui conférer la stature qui convient au président d'une fédération nationale, même ne fédérant qu'une dizaine de milliers d'experts.

Entretemps, Bernard et Joseph avaient bien avancé dans le projet Archilexe. Apparemment, il y avait un problème d'ordre juridique pour que la Fédération soit actionnaire d'une structure commerciale. Il fut alors convenu avec Gérard de Saint-Agil que les parts de la SARL, qui était devenue la SARL Archilexe, représentant cent mille euros, allaient être placées auprès des experts eux-mêmes ou de leurs compagnies, selon le modèle existant de la revue Experts, revue de l'expertise dont le capital social était détenu par des compagnies d'experts. Les études de marché qui avaient été faites montraient une appétence certaine de la plupart des catégories d'experts judiciaires pour Archilexe, essentiellement parce qu'ils avaient confiance dans le produit puisqu'il était promu par la Fédération. Il y avait des opposants farouches, mais ils étaient réellement minoritaires.

Dès l'élection de Jacques Kessel à la présidence de la Fédération, Bernard l'a rencontré pour se faire confirmer les engagements pris par son prédécesseur, à savoir qu'Archilexe était la plateforme de la Fédération, qu'elle serait commercialisée en tant que telle auprès des experts et que les experts ou leurs compagnies seraient invités à acquérir le capital de la société Archilexe opératrice de cette plateforme informatique.

Jacques Kessel a, bien entendu, acquiescé mais il a demandé un délai pour le placement du capital…

—   Tu comprends, je viens de prendre mes fonctions, et je ne peux pas, comme première action publique, faire de la collecte de fonds !

—   Nous avons déjà constitué la SARL avec de l'argent à nous. Nous voulons revendre nos parts au plus vite… Mais nous pouvons attendre quelques mois, il n'y a pas d'urgence. Nous avons mis cinquante mille euros, la moitié de ce qu'il faudra , mais ça suffira bien pour commencer.

—   Alors, d'accord, laisse-moi six mois et on fera l'opération.

— D'ailleurs, les études de marché que nous avons faites montrent que cet argent n'est pas un mauvais placement. On équilibre avec mille abonnés et la fourchette basse des prévisions est deux mille abonnés au bout de trois ans… Les experts ont confiance en la Fédération.

— Alors pourquoi ne veux-tu pas conserver toi-même le capital ?

— Parce que je n'ai pas vocation à le faire. Je monte l'affaire, mais je veux rester un abonné lambda. Si je conservais une part significative d'Archilexe, je pourrais être contesté en expertise si je veux utiliser Archilexe… Non, Archilexe, ça doit être l'affaire des experts, de tous les experts.

— Tu sais que j'entends certains experts-comptables et experts-médecins grogner ?

— Oui, je sais, on ne fait pas boire un âne qui n'a pas soif. Ils n'ont pas l'habitude des ordinateurs et considèrent comme déshonorant de taper sur un clavier. Ces experts-là ne sont pas des clients pour Archilexe, tant pis ! Tout ce que j'attends de toi, c'est que tu les empêches de bavocher et que tu réaffirmes, après Saint-Agil, qu'Archilexe est le logiciel de dématérialisation de la Fédération… Cela suffira à rendre les opposants inoffensifs et à rassurer les autres.

— Et qui est l'associé dont tu m'as parlé ?

— Joseph Damido, je crois que tu le connais. Il est expert en informatique…

Jacques Kessel s'étrangla et se mit à tousser avant de reprendre sur un ton très différent :

—   Tu sais que… Enfin… Joseph Damido… C'est… C'est… Un très mauvais gestionnaire !

—   Pourquoi dis-tu ça ?

—   Un colloque franco-allemand, je ne peux pas tout te dire, mais il a perdu de l'argent…

—   De toute façon, il n'a pas de responsabilité de gestion. Il est l'informaticien qui traite avec Certifrance et qui validera la plateforme qu'il va nous livrer…

—   Quand même…

Il resta coi à chercher apparemment ses mots, et, ne les trouvant pas, il conclut juste cet échange sur un geste d'agacement.

Comme ils en étaient convenus, Bernard et lui concrétisèrent leur accord par un échange de courrier. La réponse de Jacques Kessel ne se fit pas attendre et, sur papier à en-tête du président de la FNCEJ, il répondit, par retour, comme convenu

Cher Confrère

J'ai bien reçu votre courrier du 25 mars concernant le projet de service pour des expertises menées électroniquement. Nous sommes tout à fait d'accord pour que vous placiez le logo de la Fédération dans celui de ce nouveau service. Pourriez-vous m'adresser une note qui pourrait être incorporée à la prochaine Brèves du début juin, présentant le projet et faisant appel aux experts qui voudraient participer au capital.

Forts de cet accord, Bernard et Joseph, qui avaient avancé vingt-cinq mille euros chacun, s'estimaient raisonnablement assurés de ne pas perdre leur argent. Au pire, ils ne parviendraient pas à placer tout le capital et devraient donc conserver une participation dans Archilexe, mais, avec le soutien affiché de la Fédération, ils n'auraient aucun mal à atteindre les mille abonnés qui étaient nécessaires pour que la société Archilexe rentre dans ses fonds.

C'est dans ce contexte qu'ils ont signé le contrat qui les liait à Certifrance et engagé des dépenses de développement et de marketing.

Quinze jours plus tard, le 10 avril 2003, sur papier à en-tête du nouveau logo Archilexe, dérivé de celui de la Fédération, Bernard envoyait un courrier à Jacques Kessel pour lui rendre compte en détail de l'avancement du projet et acter définitivement le nouveau logo et le changement de nom de Cybex/Maidex en Archilexe. Tout allait bien et l'optimisme régnait.

Chapitre IV
Jules Culiroda

Le projet Archilexe avançait à pas de géant et Certifrance avait promis une première plateforme de test pour le mois suivant. Nous étions le 22 mai 2003, le Conseil d'administration de la Fédération était réuni. C'était le premier Conseil depuis l'élection du président Kessel. A l'invitation du président, Bernard s'apprêtait à exposer l'état du projet Archilexe, et ses progrès depuis son courrier du mois précédent que le président avait transmis aux membres du conseil.

Sans y être invité et sans demander la parole, Jules Culiroda, un ancien président du siècle précédent, se leva et demanda « Qui a autorisé Archilexe à utiliser le logo de la Fédération ? » avec une force et une autorité qu'on n'aurait pas cru possibles d'un vieillard, chenu et visiblement sénile, comme lui.

Il y eut un grand moment de silence. Jules Culiroda regardait fixement le président Kessel dans les yeux avec l'autorité d'un maître d'école sur un élève pris en faute. Le silence était palpable. Jacques Kessel baissa finalement les yeux en bredouillant « Euh !... C'est-à-dire... Ça s'est fait comme ça... »

Bernard entendit alors Gérard de Saint-Agil, derrière lui, dire : « Ah ! c'est trop fort, ça !... Allez-y, dites-leur comment ça s'est passé ». Bernard qui était déjà debout, puisque le vieux Culiroda lui avait coupé la parole, ouvrit la bouche pour protester mais sur le siège à côté du sien, était assis Paul Lentier qui le tira par le bras et le contraignit à se rasseoir en disant « Ne fais pas de scandale, ça serait mauvais. On trouvera un arrangement. ». Paul Lentier, polytechnicien comme Bernard, n'était pas ingénieur, mais expert-comptable et ce que Bernard ne savait pas, c'était qu'il était au cœur de la campagne qui dénigrait Archilexe en le qualifiant d'inutile, de prématuré et que sais-je encore. Ce que Bernard ne tarderait pas à découvrir, c'est que Paul Lentier, qui avait un important cabinet d'expertise comptable, n'utilisait pas d'ordinateur lui-même et qu'ainsi l'existence d'un produit comme Archilexe aurait consacré l'obsolescence de ses méthodes de travail.

La Fédération a alors interdit à Archilexe d'utiliser son logo, sans explication ni considération pour l'accord écrit qu'elle avait envoyé deux mois plus tôt.

A partir de là, tout a commencé à partir en vrille. Certifrance a perdu confiance à cause de ce lâchage de la Fédération et une enquête de marché identique à celle qui avait été faite en décembre et qui promettait plus de 2000 abonnés au bout de trois ans, n'en promettait qu'au plus mille dans le même délai. Ce désaveu infondé de la Fédération a alimenté la médisance des opposants à la dématérialisation.

Comme d'habitude, Bernard s'est ouvert de ce cataclysme à son ami Martin Boussac.

—   Je ne sais pas quelle mouche a pu piquer Jules Culiroda… Il n'est pas si vieux, il a mon âge.

—   Je préfère mettre ça sur le compte du gâtisme que de la perversité.

—   Il était hostile à l'élection de Jacques Kessel à la présidence de la Fédération. Il lui a envoyé une torpille et c'est toi qui l'as reçue.

—   Enfin, Culiroda n'a rien dit qui justifie son intervention et, malgré tout, Kessel a obtempéré comme un gamin pris en faute…

—   Ça, vois-tu, c'est ce qui arrive quand les relations maçonniques sortent des loges. Culiroda a autorité sur Kessel en maçonnerie… Kessel est un faible et il n'a pas osé lui faire comprendre qu'à la Fédération, ce n'était pas comme en Loge, c'était lui le patron.

—   Mais quand même, on a mis cinquante mille euros, Damido et moi. Si on arrête, nous perdons la moitié de notre mise. Est-ce raisonnable de poursuivre et d'espérer que la promesse de trouver un arrangement sera tenue.

—   Qui t'a fait cette promesse ?

—   Notre camarade Paul Lentier.

—   Il est très chattemite, enjôleur, il attire la sympathie, mais...

—   Il n'est pas fiable ?

—   Non, non, je ne dirais pas ça, au contraire. S'il t'a fait cette promesse, c'est qu'il a sincèrement l'intention d'œuvrer dans ce sens, mais il n'ira pas jusqu'à courir des risques pour tenir cette promesse. Il est sur les rangs pour prendre la présidence de la Fédération et il ne t'aidera à te sortir de la mouise où Kessel t'a englouti que si cela ne compromet pas ses chances d'être élu…

— Seul, je ne peux rien faire. Le retrait d'agrément par la Fédé, c'est pire que si l'agrément n'avait jamais été donné. Vu par Certifrance et par les experts, c'est plus qu'un désaveu, c'est un ostracisme…

— Oui, j'en suis conscient, ton seul espoir est que notre camarade Lentier parvienne à convaincre Kessel de tenir tête à Culiroda… L'entreprise est difficile parce que Culiroda passe, à tort ou à raison, pour avoir été un grand président de la Fédé. En plus, c'est un personnage important en maçonnerie… Et tu as pu constater que le courage n'était pas la qualité dominante de Jacques Kessel.

Chapitre V
Joseph Damido

Commencèrent alors cinq années difficiles. Bernard et Joseph Damido étaient au four et au moulin. Ils avaient avec eux la courageuse Janine Marceix, une jeune Belge qui avait accepté les fonctions de gérante de la SARL Archilexe avec pour seule rémunération une participation au capital à hauteur de 20%.

Elle aussi était très motivée et elle était la cheville ouvrière de l'activité. Malgré leurs efforts, les ventes ne décollaient pas. Ils plaçaient moins de dix abonnements par mois, quand il an aurait fallu au moins le triple.

La société organisait des journées de formation pour les nouveaux abonnés et elle n'avait pas les finances pour recruter un formateur. Bernard, Joseph et Janine s'y collaient eux-mêmes.

Ils étaient réconfortés de découvrir que la plateforme Archilexe fonctionnait bien et que la plupart de ses rares abonnés en devenaient des adeptes inconditionnels. Mais pour collecter de nouveaux abonnés, ils se heurtaient invariablement à ce mur de méfiance contre un produit blacklisté par la Fédération. Entretemps, Jacques Kessel avait cédé la place à Fabrice Fodongo à la tête de la Fédération. Fodongo avait encore moins d'envergure que son prédécesseur et flottait dans un costume de président carrément trop grand pour lui. Il était affable et accommodant et il a accepté de parler d'Archilexe dans « Brèves », le bulletin de liaison de la Fédération. Mais, l'eût-il réellement voulu, que ce président était décidément trop falot pour redresser l'image repoussante que son prédécesseur avait donnée de Bernard et d'Archilexe.

Bernard a aussi publié des articles dans la revue « Experts ». Cette revue, initialement créée par la Compagnie des Experts près la Cour d'Appel de Versailles, avait vu son capital s'ouvrir progressivement à toutes les compagnies d'experts. C'était, et c'est encore, une revue de bonne tenue qui était forte de quelque six à sept mille abonnés. Elle était dirigée *de facto* par son rédacteur en chef, un personnage truculent et sympathique en diable, ancien président de la compagnie des experts de Versailles, le docteur Bruno Paradis. Cette revue était indépendante de la Fédération, et le docteur Paradis, se sentant investi d'une mission de défense de la liberté de la presse, prenait un malin plaisir à y exprimer systématiquement le contrepied des positions de la Fédération. Selon lui, la liberté éditoriale de la revue se mesurait à l'aune de son impertinence vis-à-vis de la Fédération. C'est sans doute dans cet esprit qu'il a publié des articles sur Archilexe. Bernard et Joseph était contents, parce que cela améliorait la notoriété d'Archilexe. Ce qu'ils ne savaient pas encore, c'est que cela accroissait aussi son côté sulfureux. C'est sans doute pour cette même raison que Bruno Paradis a sollicité Bernard pour être membre du triumvirat de gérants de la SARL « Revue Experts ».

Les années passaient. Après Jacques Kessel et Fabrice Fodongo, la présidence de la Fédération est passé entre les mains du redoutable Paul Lentier qui l'a transformée en « Conseil National des Compagnies d'experts de Justice », le CNCEJ.

Bernard continuait à s'investir massivement dans Archilexe. Mais le rythme de développement restait très en dessous du seuil de rentabilité. En 2006, les pertes avaient dépassé la moitié du capital. Paul Lentier était intelligent, mais têtu et intrigant. Il était d'autant plus dangereux que son côté chattemite, faisait qu'il était impossible d'être son ennemi. Il était si ensorceleur que son discours rétrograde sur le côté science-fiction d'Archilexe trouvait des échos forts, maintenant qu'il était lancé du haut de sa tribune de président. Déjà à cette époque, ce discours était pourtant totalement imbécile tant toutes les professions réglementées dématérialisaient à tout crin. Les avocats, les pharmaciens, les notaires, les huissiers dématérialisaient leurs cabinets, offices et officines à marches forcées. Tous sauf les experts de justice.

En 2007, les pertes d'Archilexe avaient dépassé le capital. Bernard continuait à espérer et comblait les pertes. Joseph n'y croyait plus vraiment. Au début de 2009, ils ont décidé de jeter l'éponge et de liquider la société Archilexe, d'autant plus que, de sa tribune de président Paul Lentier instillait, jour après jour, le doute sur la pertinence de la dématérialisation elle-même dans l'esprit des experts.

Bernard a été chargé de la liquidation de la société Archilexe. Il a fait reprendre l'ensemble des pertes par son bureau d'études. C'était la solution immédiate pour que les quelques dizaines d'abonnés qui avaient fait confiance à Archilexe et qui en étaient satisfaits, ne soient pas laissés sur le bord du trottoir. Il remboursa son compte courant à Joseph Damido pour qui l'aventure Archilexe prenait fin après qu'il avait perdu son apport en capital.

Le « Business model » global d'Archilexe était vicieux. L'expert abonné à Archilexe devait acheter un certificat électronique. Certifrance expliquait aux experts que son certificat était le seul à permettre l'accès à Archilexe. C'était faux et Certifrance, comme Bernard le savaient. D'autres certificats existaient, de même classe, mais d'une part, leurs prix étaient comparables ou plus chers et, d'autre part, dans un domaine aussi technique, personne n'entendait prendre de risque. Ainsi avec le niveau des prix, les bénéfices étaient pour Certifrance avec la vente de certificats et les pertes pour Archilexe avec la vente d'abonnements. Bernard est venu vers Certifrance pour lui dire qu'il arrêtait parce qu'il ne pouvait plus supporter ses pertes qui s'élevaient à soixante-dix mille Euros cumulés, et qu'il recherchait une solution pour ne pas laisser en plan les abonnés qui lui avaient fait confiance. Les pertes annuelles d'Archilexe étaient une goutte d'eau en face des bénéfices que Certifrance tirait de la vente de ses certificats. Elle a ainsi accepté de prendre la plateforme Archilexe en « location-gérance » pour un prix symbolique. Pour Bernard l'aventure Archilexe prenait fin. Il avait perdu son apport en capital, son compte courant et celui de Joseph Damido.

Chapitre VI
Paul Lentier

Bernard était membre du conseil d'administration du CNCEJ et il conseillait le président pour les questions de communication. Il était entendu que ses conseils restaient des conseils et qu'à ce titre, il ne s'offusquerait jamais de n'être pas suivi. C'était d'ailleurs heureux, parce qu'avec un président à forte personnalité comme Paul Lentier, il eût été complètement vain de prétendre lui imposer quoi que ce soit.

Il a, par exemple, substitué l'appellation "Conseil National des Compagnies d'Experts de Justice" à celle de "Fédération Nationale des Compagnies d'Experts Judiciaires". Le changement d'expert judiciaire en expert de justice s'imposait parce qu'en droit français, le terme judiciaire est celui d'un ordre juridictionnel et exclut les juridictions administratives alors que la plupart des experts sont inscrits sur les listes d'experts des deux ordres. Mais remplacer Fédération par Conseil était irréfléchi parce que cela négligeait le point de vue de la communication. L'expression "conseil d'administration de la fédération nationale des compagnies d'experts judiciaires" était trop emphatique pour le langage courant. On disait "le conseil de la Fédération", même en langage écrit, et cela passait très bien, sauf dans les documents officiels. On disait même "le conseil de la Fédé" en langage familier. Mais "le conseil d'administration du

Conseil national des compagnies d'experts judiciaires" aurait dû s'apocoper en "le conseil du conseil", expression inepte qui serait rapidement devenue, en langage courant, "Le con-con". Et même l'expression "le conseil" était inutilisable parce qu'ambiguë, entre le conseil national et son conseil d'administration. C'est ainsi que la vénérable mais familière "Fédé" était devenue cette coquecigrue cacophonique lourdingue qu'elle est restée jusqu'à sa dissolution, "Céhennecéheugi" sans que personne, hormis Bernard ne l'ait jamais déploré.

On ne parlait plus d'Archilexe qu'anecdotiquement. La dématérialisation faisait l'objet de conférences dans les cycles de formation des experts, mais cela s'arrêtait là. Certifrance n'avait pas plus de succès que la SARL Archilexe pour abonner les experts, et même plutôt moins.

Les présidents successifs ont tous assuré Bernard de leur sympathie et, disaient-ils, ils parlaient beaucoup d'Archilexe avec les magistrats et avec les responsables du ministère de la Justice. Pourtant, Bernard aurait dû être alerté par un évènement survenu en 2007. Pour des raisons professionnelles, il avait rendu visite au député Didier Pardon au Palais Bourbon. Ce député avait été garde des sceaux et, lorsque Bernard lui cita, anecdotiquement, Archilexe, ce nom ne lui disait rien. Sur le moment, il n'y a pas attaché d'importance. Il avait bien tort !

Bernard, en tant que responsable de la communication au conseil d'administration du CNCEJ, avait ouvert un chantier de cartes d'expert. Les experts avaient jadis une carte qui attestait de leur qualité d'auxiliaires de justice et leur permettait, par exemple, d'entrer au palais de justice de Paris sans faire la queue avec les touristes qui venaient visiter la Sainte-Chapelle. Mais depuis plusieurs années, les parquets généraux, débordés, ne délivraient plus de cartes. Comme c'est le procureur général et pas le président d'une compagnie d'experts qui a autorité pour dire qui est expert de justice, et qu'aucun procureur général ne voulait avoir chaque année une montagne de parapheurs avec des milliers de cartes à signer, il fallait un dispositif de délégation de signature, une "chaîne de confiance". Bernard connaissait bien le sujet qu'il avait appris en fréquentant Certifrance. Avec la commission communication qu'il animait, il proposa une carte d'expert à puce que Paul Lentier a refusé tout net, du fait de sa détestation viscérale pour tout ce qui était électronique. Après avoir remis l'ouvrage sur le métier, la commission a élaboré un simple carton sur lequel la signature déléguée du procureur général était concrétisée par un QR-Code. Satisfait, Paul Lentier l'a présenté à son assemblée générale, ou plutôt, pressentant sans doute le fiasco, il a demandé à Bernard de le faire pour lui. Bronca est un mot faible pour désigner la réaction consternée de l'assemblée… « Comment vous, Bernard, qui avez inventé Archilexe, pouvez-vous nous présenter une carte aussi désuète ». Et c'est contraint par son assemblée générale que Paul Lentier a fixé un nouveau cahier des charges à Bernard : une carte en plastique, format carte de crédit avec photo d'identité et puce électronique d'authentification.

Paul Lentier avait obtenu une entrevue avec la direction des affaires civiles et du sceau du ministère de la Justice pour parler de cette carte. Il avait prévu d'y aller accompagné d'un expert en informatique, membre du conseil d'administration du CNCEJ. La veille de la réunion, et à la demande de cet expert, Paul Lentier téléphona à Bernard pour lui demander d'y participer à 14 heures le lendemain huit juin 2009.

C'était un jour morne et pluvieux, Bernard arriva juste à l'heure au rendez-vous… Il détestait ces convocations de dernière minute. La directrice des affaires civiles et du sceau était là en personne. À côté d'elle, un personnage que les participants n'avaient jamais vu se présenta comme le conseiller du ministre pour les questions de dématérialisation et de sécurité informatique . Il s'appelait Louis Froissard. Il restait en retrait de la discussion pendant que Paul Lentier exposait la problématique des cartes d'experts et donna la parole à l'informaticien pour en exposer les détails, que pourtant, il ne connaissait que par ce que lui en avait dit Bernard quelques jours auparavant.

— La carte serait au format carte de crédit et porterait la signature de l'expert et un fac similé de la signature du procureur général.

— Et quel en serait le moyen d'authentification ?

— Une puce électronique.

— Vous l'avez développée ?

— Non… Euh… Pas encore… disait-il en jetant des regards désespérés vers Paul Lentier.

Bernard prit alors la parole :

— Une puce Certifrance, la même que celle qui est utilisée pour Archilexe répond parfaitement à la question…

— Laisse… l'interrompit Paul Lentier

— Elle garantit la qualité d'expert de justice… Et elle permet aussi l'accès à la plateforme dématérialisée Archilexe…

— C'est un autre sujet, l'interrompit Paul Lentier… Ce n'est pas tranché. C'est encore extrêmement prospectif. On ne peut pas en parler.

— Mais ça marche, reprit Bernard. Il y a des abonnés, et ils sont contents.

— Ce n'est pas le moment d'en parler. C'est prématuré.

C'est alors que Louis Froissard, qui était resté coi depuis le début de la réunion, s'adressa à Bernard.

— Si, au contraire, ça m'intéresse. C'est quoi cet Archilexe ?

Bernard tombait des nues. Les présidents successifs de la Fédération puis du CNCEJ l'avaient assuré qu'ils parlaient régulièrement d'Archilexe avec la Chancellerie, mais que, pas de chance, ça ne les intéressait pas… Ils avaient donc tous menti ! Il avait perdu sa chemise dans l'aventure et aucun des présidents qui se prétendaient ses amis n'avait, en fait, levé le petit doigt pour l'aider. Le conseiller du ministre pour les questions de dématérialisation de la Justice n'avait jamais entendu parler d'Archilexe. Bernard était outré. Mais il prit sur lui et répondit simplement :

— Il s'agit d'une plateforme qui permet des échanges authentiques et sécurisés entre l'expert et les parties à l'expertise en respectant strictement les exigences du code de procédure civile. Rassurez-vous, c'est complètement équivalent aux échanges papier, comme le dit la directive…

— Je connais la directive 1999/CE, monsieur l'expert. C'est cet Archilexe que je ne connais pas.

— C'est une plateforme de co-working propre à chaque expertise, dont l'accès est accordé par l'expert aux participants, identifiés chacun par son certificat…

— Quels types de certificats ? reprit Louis Froissard que tous, y compris la toute puissante directrice des affaires civiles et du sceau, écoutaient religieusement.

— Des classe 3+, ce sont des certificats matériels avec…

— Je connais les certificats 3+. Ceux que délivre l'ordre des avocats sont 3+. Sont-ils utilisables avec cet Archilexe ?

— Bien sûr, c'est d'ailleurs comme ça que les avocats se raccordent, déjà actuellement, à Archilexe quand il est utilisé par ceux qui mènent leurs expertises en mode dématérialisé… Et ils en sont très contents.

— Pourquoi ne m'en avez-vous jamais parlé ? demanda-t-il à la directrice.

— Parce que j'ignorais tout de cet Archilexe.

— Mais enfin, c'est ce que je recherche depuis des mois ! On ne peut pas utiliser le RPVA pour les expertises, à cause du volume documentaire… Mais enfin, vous vous rendez compte… Archilexe, c'est le chaînon manquant de la dématérialisation de la procédure civile. Le chaînon manquant !

Bernard était effondré. C'est quand il venait de jeter l'éponge que, tout à coup, son invention prenait de l'intérêt.

Plus tard, en tête à tête avec Paul Lentier, il a réagi :

—   Quand Jacques Kessel a renié l'engagement de la Fédé sous le diktat d'un cacochyme sénile…

—   Jules Culiroda n'est pas un cacochyme sénile. Il a été un grand président de la Fédé, répondit-il montrant ainsi qu'il n'avait pas oublié l'incident…

—   Ça prouve qu'en quelques années, il a sombré dans le gâtisme. Ce jour-là, tu m'as demandé de ne pas faire de vagues. Tu m'as suggéré que ça allait s'arranger… J'ai souffert en silence et j'ai jeté l'éponge.

—   Tu n'aurais jamais dû t'obstiner si longtemps.

—   Et l'arrangement dont on avait parlé ?

—   On l'aurait trouvé si tu avais jeté l'éponge tout de suite. Là, tu as attendu cinq ans…

—   Si tu ne le trouves pas, je demanderai à un juge de le trouver, cet arrangement. Après tout, j'ai des biscuits. La preuve que c'est à la demande de la Fédé que j'ai commencé par créer Archilexe en interne, la preuve que j'avais l'aval de la Fédé quand il a fallu poursuivre son développement hors de la structure, la preuve que la Fédé a renié sa parole juste après que je me suis engagé personnellement sur la foi de cette parole, et maintenant la preuve que la Fédé m'a menti en prétendant parler régulièrement d'Archilexe à la chancellerie.

Il sortit du bureau de Paul Lentier très en colère.

Une fois Bernard sorti, Paul Lentier téléphona à Certifrance

—   Bonjour, Président, lui répondit-on. Alors comment ça s'arrange avec Bernard ?

—   Mal. Il veut aller en justice…

—   On va l'en empêcher. Il est en passe de signer avec nous pour nous donner Archilexe en location-gérance. Je veillerai à ce que ce contrat lui ôte la possibilité d'ester en justice pour Archilexe.

—   Ça vaudrait mieux. Il est furieux. Mais, pour ce qui vous concerne, c'est gagné. Vous aurez le marché des cartes de tous les experts… Ça vous fera quand même plus de chiffre d'affaires que le marché des seuls abonnés à Archilexe !

—   Comme vous dites ! Et nous sommes bien conscients de ce que nous vous devons.

Chapitre VII
Donatien Loilier-Combu

Au printemps suivant, Donatien Loilier-Combu a succédé à Paul Lentier à la présidence du CNCEJ. Expert-comptable, comme son prédécesseur, il n'avait guère d'autres points communs avec lui. Autant Paul était doucereux et charmeur, autant Donatien était franc et même rugueux. Autant Paul était machiavélique, autant Donatien était direct. Autant Paul, en vieux routier du CNCEJ, avait une grande pratique des antichambres et était versé dans l'art d'en déjouer les intrigues, autant Donatien, tout frais débarqué de sa province, leur était vulnérable. Du point de vue d'Archilexe, autant Paul était un conservateur à tout crin prêt à mener jusqu'à la mort un combat d'arrière-garde contre la dématérialisation, autant Donatien voulait voir la dématérialisation s'imposer, et s'imposer vite, au moins dans la procédure civile parce que, dans l'évolution technique, les experts commençaient à se trouver largement à la traîne des avocats et même des juges.

Bernard et Donatien avaient vite sympathisé. Donatien, très entier, détonnait dans le milieu de la direction du CNCEJ, tout animée d'intrigues d'arrière-cour ourdies par des cohortes d'experts vieillissants, devenus un peu voûtés à force d'avoir ciré tant de bottes de magistrats et de hauts fonctionnaires et d'avoir passé une si large partie de leur vie à faire antichambre.

Le président Loilier-Combu dut rapidement se battre sur tous les fronts. C'est la Revue Experts qui lui a envoyé les attaques les plus violentes. D'ailleurs, cela a surtout dévasté la réputation de la revue au point qu'en deux ans elle a perdu plus de la moitié de ses abonnés. Bernard et un autre des trois co-gérants de la revue, en désaccord avec le rédacteur en chef sur la sincérité des comptes, ont d'ailleurs démissionné de leurs fonctions.

En ce qui concerne Archilexe, la Chancellerie, en la personne de Louis Froissard, celui qui, l'année précédente, voyait en Archilexe le chaînon manquant de la chaîne civile, était fortement demanderesse d'une généralisation aussi rapide que possible de la dématérialisation. Donatien Loilier-Combu s'adressa ainsi à Certifrance après que Bernard lui eut dit que c'était à eux qu'il avait cédé la plateforme.

Aussitôt, Certifrance dénonça le contrat de location-gérance qu'il avait signé avec Bernard, qui n'en avait d'ailleurs pas perçu un centime, et lui proposait quelques milliers d'euros pour racheter la marque « Archilexe » et quelques autres à titre d'indemnité de rupture du contrat de location-gérance. Bernard a signé avec empressement, ravi de se débarrasser enfin de ce boulet qui lui collait à la peau et ne lui avait valu que des ennuis.

Il ne savait pas à quel point il avait tort de se croire libéré.

Parallèlement, Donatien entamait les négociations avec Certifrance.

—   Ce que je voudrais, c'est qu'Archilexe soit déployé et généralisé.

— Ennuyeux, tout ça. Nous pensions laisser tomber Archilexe… Vous comprenez, maintenant, nous avons le marché des cartes d'experts… Ça suffit pour nous faire vendre des certificats, nous ne gagnons rien sur Archilexe.

— Mais les cartes d'expert sans Archilexe, ça ne sert à rien.

— Si, ce sont des certificats de signature conformes à l'article 1366 du code civil. Nous en vendons beaucoup par ailleurs

— Que peut-on en faire à part entrer au Palais de Justice sans faire la queue ?

— Signer des documents pdf ou des e-mails. Ce sont des signatures authentiques… Et puis, Archilexe a été développé il y a bientôt dix ans, nous avons changé d'actionnaire et nous appartenons à un groupe qui possède des plateformes incompatibles. Il faudrait réécrire le logiciel Archilexe pour le rendre compatible… Ce serait très cher.

— Combien faudrait-il ?

— Il faudrait deux cent mille euros…

— Et pour ce prix…

— Non, nous ne vous demandons pas deux cent mille euros… Non, c'est ce que nous devrions investir si nous voulions réveiller Archilexe…

— Et vous ne le voulez pas ?

— Nous ne pouvons pas engager de telles sommes sur la base des chiffres actuels du marché des experts judiciaires…

— Experts de Justice, ça a changé il y a trois ans…

— Oui, pardon, experts de justice, mais ça ne change rien… Éventuellement, si vous nous garantissez le monopole, si vous nous garantissez que nous aurons votre soutien affiché et qu'aucune plateforme concurrente ne l'aura…

— Non, je ne peux pas vous le garantir… Et si je vous les paie, ces deux cent mille euros ? Vous n'aurez pas à les engager. Nous serions propriétaires de la plateforme et vous, les opérateurs, comme actuellement avec Bernard. Je puis même vous garantir que vous aurez le soutien du CNCEJ et même qu'il vous maintiendra en n°1 de ses recommandations si nous ne pouvons éviter la présence d'une plateforme concurrente…

— Oui, comme ça, nous pourrions toper là.

— Le CNCEJ peut-il vous régler en quatre annuités de cinquante mille Euros ?

— Ce n'est pas dans nos habitudes.

— C'est pourtant en quatre annuités de deux mille cinq cents euros que vous avez acheté la marque Archilexe à un expert aux abois…

— Ce n'est pas dans nos habitudes, mais nous ferons une exception pour le CNCEJ, comme nous avons fait une exception pour l'achat de la marque.

— Très bien. Nous sommes d'accord. Je vais tenter de faire ratifier cet accord par le conseil d'administration. Mais je préfère payer ces développements plutôt que d'être redevable de quoi que ce soit. Le CNCEJ n'est pas une société commerciale et ne saurait donc prendre les engagements de nature commerciale que vous vouliez en contrepartie de votre investissement.

Il rapporta cet entretien à son conseil d'administration et ils décidèrent que, même sur cette base, le CNCEJ ne pouvait pas être partie prenante dans un service commercial, cela nuirait à son indépendance. La solution adoptée a été de créer un GIP, Groupement d'Intérêt Public, avec la Caisse des Dépôts et Consignations et de le doter d'un capital au plus égal à la somme que souhaite Certifrance, le reste étant financé par emprunt. Les idées les plus fantasques surgissaient. Alors que Donatien Loilier-Combu et Paul Lentier se demandaient si la Caisse des Dépôts accepterait quatre-vingt-dix mille Euros en fonds propres et cent dix mille euros d'emprunt ou s'il faudrait aller jusqu'à cent mille euros de fonds propres, un administrateur, qui n'avait aucune compétence ni comptable ni financière, suggéra un GIP sans capital. Il fut surpris de voir le président et Paul Lentier le regarder avec commisération. C'était un signe du niveau pitoyable des débats du conseil d'administration du CNCEJ d'alors…

Après cette réunion du conseil d'administration, Donatien et Bernard en ont discuté en tête à tête.

— Méfie-toi de Certifrance. Ils sont compétents, mais ils ne sacrifieront pas un centime de leurs intérêts pour te complaire. Tu vois, par exemple, ils viennent de dénoncer le contrat de location-gérance et de m'acheter la marque… Ils se sont bien gardés de me dire qu'ils négociaient avec toi le réveil du projet. S'ils m'ont désintéressé, c'était juste pour rester seuls. C'est donc bien que l'affaire les intéresse.

—   Oui, je me propose d'interposer un GIP entre eux et nous pour gérer les fonds que nous leur avancerons et les redevances qu'ils nous verseront… C'est plus sûr.

—   Tu as tout à fait raison. Si tu ne prends pas de précautions, le CNCEJ sera à leur botte.

—   Au conseil, Jérôme Davioud a proposé un GIP sans capital. C'est idiot, sans capital, ça ne sert à rien…

—   Et il propose de trouver l'argent où ?! Un GIP sans capital, personne ne lui prêtera un centime…

—   Ou alors il faudrait la garantie du CNCEJ, et on retomberait dans le schéma que je veux à tout prix éviter.

—   Méfie-toi de Jérôme, je le connais, il est comme cul et chemise avec Certifrance et sa seule compétence sur le sujet, il la tient de Certifrance… Ne compte pas sur lui pour t'aider dans tes relations avec eux. Je ne le crois pas idiot et s'il t'a proposé ça, c'est la preuve que Certifrance aimerait bien avoir barre sur le CNCEJ.

Hélas, Donatien Loilier-Combu était un président volontaire qui pensait et agissait en chef d'entreprise, un peu comme l'était son lointain prédécesseur Gérard de Saint-Agil. Il faisait décidément trop d'ombre à tous ces vieux caciques qui gravitaient, inconsistants, dans son entourage. Tous ceux qui n'osaient jamais rien faire de peur d'indisposer quelqu'un dans les cours de justice ou parmi les dieux de l'Olympe qu'étaient les directeurs, sous-directeurs et autres chefs et sous-chefs de bureaux de la place Vendôme. Ils lui ont fait une vie tellement impossible qu'il devait passer plus de la moitié de son temps au CNCEJ et que son cabinet de commissariat aux comptes commençait à s'en trouver mal. C'est ainsi qu'à la fin 2011, sous la pression toujours plus grande de tous ces caciques, il a été contraint de renoncer à faire sa troisième année de présidence.

Chapitre VIII
Marcel Titien

Le successeur de Donatien à la tête du CNCEJ était un brave homme au physique corpulent de bon vivant, dont l'attitude évoquait pourtant le mal-être, tant il entrecoupait toujours ses discours de soupirs à fendre l'âme. Pourtant il ne manquait ni d'énergie ni d'humour. Il était médecin mais, disait-t-il toujours à ses interlocuteurs, je ne vous souhaite pas d'être soigné par moi… Il était médecin légiste, sans doute le plus renommé dans sa partie et il n'a raté la direction de l'institut médico-légal de Paris qu'à son âge jugé trop proche de la retraite par ses pairs.

Sa gentillesse et sa naïveté désarmantes le qualifiaient à peu près autant pour diriger le panier de crabes qu'était devenu le CNCEJ qu'une première communiante pour diriger un bordel.

Comme Donatien Loilier-Combu avait été littéralement ostracisé, il n'était pas le mieux placé pour le sensibiliser à la problématique Archilexe, aussi est-ce Bernard qui s'y attela. Il la connaissait bien, cette problématique, et il était d'autant plus à l'aise pour en parler qu'il n'y était plus intéressé. Il eut l'impression de se heurter à un mur, un mur mou, mais un mur quand même.

Six mois plus tard, tout ce que Donatien Loilier-Combu avait mis en place était balayé.

Une rencontre avec Certifrance avait convaincu Marcel Titien qu'il était inutile de chercher de l'argent, puisque Certifrance acceptait de prendre l'investissement à sa charge, à condition que le CNCEJ garantisse le monopole à Archilexe. Cette condition que son prédécesseur ne voulait accepter à aucun prix de peur de perdre son indépendance, il l'a présentée à son conseil d'administration comme une grande victoire : « Certifrance renonce à nous demander deux cent mille euros ! »

Puis il céda à la dialectique de Jérôme Davioud, cet administrateur plus ou moins inféodé à Certifrance qui lui disait que, puisqu'on n'a plus besoin d'investir, pourquoi créer un GIP ?

En assemblée générale du CNCEJ, Bernard, échaudé par sa propre expérience dix ans auparavant a exigé publiquement la création du GIP pour loger l'activité liée à Archilexe dans une structure extérieure au CNCEJ, afin de préserver son indépendance.

Après une réunion entre Certifrance et plusieurs administrateurs dont Jérôme Davioud, Marcel Titien annonça publiquement à l'assemblée générale du CNCEJ du 14 novembre 2012 que la constitution du groupement d'intérêt public était reportée. À la question de savoir pourquoi, il a juste répondu « Pour des raisons politiques ». Là encore Bernard protesta vivement pour exiger la création d'une structure distincte du CNCEJ. Il sera mis en minorité au sein du Conseil d'administration qu'il quittera fâché.

La naïveté de Marcel Titien l'empêchait de voir le piège tendu par Certifrance, dans lequel il tombait tête baissée et contre lequel les thuriféraires perfides qui constituaient sa garde rapprochée se gardaient bien de le prévenir. Quand même, un an après, le 19 septembre 2013, de nombreux experts manifestèrent, en assemblée générale, leur inquiétude de voir le CNCEJ s'engager ainsi sans appel d'offres, c'était trop tard.

Sans accord de son assemblée générale, et même contre son avis puisqu'elle était réticente à cause de l'absence d'appel d'offres, et sans mandat explicite de son conseil d'administration, Marcel Titien entraînait le CNCEJ vers l'aventure. La Bande des Six était à l'œuvre.

Chapitre IX
La Bande des Six

La première réunion de ceux que l'on a très vite appelés la "Bande des Six" s'est tenue à la Chancellerie le vendredi 6 septembre 2013. Hasard ou signe envoyé par les Dieux ? Le ciel, qui était clair et ensoleillé quand ils sont entrés en réunion, était sombre et menaçant quand ils en sont sortis.

Il y avait là, pour le CNCEJ, Marcel Titien et Jérôme Davioud que nous connaissons déjà ainsi que, pour le ministère de la Justice, Louis Froissard, l'homme du « chaînon manquant » dont nous avons déjà parlé. Les trois autres membres de la Bande des Six étaient deux experts membres du CNCEJ et un avocat général à la cour de cassation. Les noms de ces six personnages seront cités publiquement à l'assemblée générale du CNCEJ, deux semaines plus tard, pour annoncer qu'ils avaient pris la décision de se constituer non pas en groupe de réflexion, mais d'emblée en comité de pilotage.

La décision de faire du CNCEJ l'acteur et le porteur du risque commercial d'Archilexe était prise par la Bande des Six sans même avoir été discutée dans l'instance dirigeante du CNCEJ. Aussi bien, à l'assemblée générale, deux semaines plus tard, il ne s'est pas trouvé une voix parmi les experts pour s'interroger sur la légitimité de la Bande des Six à faire prendre ce virage stratégique au CNCEJ, qui de respectable institution reconnue d'utilité publique, devenait une entreprise soumise à des risques commerciaux qui vont le dévoyer au point de l'empêcher d'accomplir normalement les missions de base qui avaient justifié sa reconnaissance d'utilité publique, comme nous allons le voir plus loin.

Parce que le risque commercial, ce n'est pas seulement un risque d'argent. Il y aura des risques contentieux au regard du droit de la concurrence ou du droit des marques… Et le CNCEJ, qui n'avait une culture d'entreprise que très rudimentaire, n'avait rien vu venir.

Deux mois plus tard, juste avant Noël, Marcel Titien annonçait : « Le fait que la Chancellerie indique donner le monopole à Certifrance permet d'éviter les complications liées à un éventuel appel d'offres ». Les quatre experts de la Bande des Six avaient-ils dit aux deux représentants du ministère que ce monopole rapportait deux cent mille euros au CNCEJ, ou, plus exactement, qu'il était nécessaire pour empêcher Certifrance de les lui réclamer ? Rien n'est moins sûr !

Pourtant le contrat avec Certifrance engageait le CNCEJ à ne pas valider d'autre logiciel qu'Archilexe et, s'il venait à manquer à son obligation, il prévoyait la résiliation automatique de l'accord et l'appel de dommages et intérêts. Le montant de ces dommages et intérêts y était même précisé : c'était celui de « l'investissement relatif à la conception, la réalisation, le déploiement et la maintenance corrective d'Archilexe » que Certifrance avait chiffré à deux cent mille euros pour Donatien Loilier-Combu et pris à sa charge depuis, en contrepartie de la garantie de monopole apportée par le CNCEJ. Ce contrat avec Certifrance, signé par Marcel Titien, avait été préparé par les quatre experts de la Bande des Six. L'ont-ils présenté aux deux magistrats ? Nul ne le sait. Ce qui est sûr, en revanche, c'est que ce contrat était si douteux qu'ils n'ont pas osé le présenter à l'assemblée générale du CNCEJ. Pourtant il changeait son destin en l'exposant directement à un risque commerciale majeur.

C'est ce qui avait conduit Bernard à quitter le conseil d'administration après avoir réclamé en vain à plusieurs reprises que cette activité soit portée non pas directement par le CNCEJ, mais par le GIP qu'avait prévu Donatien Loilier-Combu ou, à défaut par une autre entité distincte. Avec sa longue expérience professionnelle et sachant ce qu'il savait, il ne pouvait pas cautionner le fait que la Bande des Six ait mis le CNCEJ et ses instances de décision devant le fait accompli et ait commencé à négocier un monopole légal dans une position qui ressemblait à s'y méprendre à un conflit d'intérêts, puisque le CNCEJ avait deux cent mille euros à gagner à ce monopole.

Pourtant, il voyait, mois après mois, le président Marcel Titien s'enfermer davantage. À plusieurs reprises, Bernard a essayé d'obtenir un rendez-vous pour l'entretenir du sujet. L'entourage de Marcel Titien veillait soigneusement à ce que sa porte lui soit résolument fermée. Tous ne redoutaient qu'une chose, c'est que le président, qui était un honnête homme très peu versé dans ces questions juridico-commerciales, ne découvre l'épée de Damoclès de l'accusation de conflit d'intérêt que les agissements de la Bande des Six lui avait fait suspendre au-dessus de la tête du CNCEJ.

De fait, la Bande des Six préparait à marches forcées l'arrêté ministériel et la convention Archilexe qui conféreront un monopole légal à Archilexe pour le plus grand profit du CNCEJ à qui ce monopole fera économiser deux cent mille euros. On aura noté que le très prudent et très rond Paul Lentier, qui, pourtant, tirait toutes les ficelles, a pris garde de ne jamais participer personnellement aux travaux de la Bande des Six.

Bernard se détournait définitivement de la vie du CNCEJ. Il se tenait juste au courant en participant aux réunions d'assemblées générales, en sa qualité de président d'une petite compagnie membre, mais c'était tout. Après tout, ces gens-là n'avaient pas hésité à le dépouiller pour le faire abandonner Archilexe. Ils lui avaient même reproché de ne s'être pas mis en faillite plus tôt. Enfin, dès qu'il s'en fut débarrassé, ils se sont empressés de le récupérer pour, finalement, le livrer en pâture à la Bande des Six qui en faisaient le centre d'un imbroglio mercantilo-administratif des plus douteux.

Le CNCEJ était en train de perdre son âme.

Chapitre X
Paul Joliet

Paul Joliet était architecte. C'était un personnage complexe et complexé. Vaguement cyclothymique, il avait des périodes d'exaltation pendant lesquelles il avait des inspirations géniales et entreprenait tout seul des actions incroyables. À côté de cela, il avait des périodes difficiles où, confronté à son environnement social et professionnel, il découvrait que ce qu'il avait entrepris tout seul n'était pas exactement pertinent, faute, justement, d'avoir été confronté à d'autres points de vue.

Il s'était jadis proposé de faire le site internet d'une très importante compagnie d'experts. Malgré le fait que cette compagnie comptât nombre d'experts en informatique ou en médias, il s'était lancé, tout seul, avec un cabinet de conception logicielle de son entourage. Il travaillait en solitaire et prenait très mal les quelques reproches que lui faisaient ceux qui connaissaient le sujet, comme, par exemple, le reproche d'avoir mis plus d'un an avant de réussir enfin à introduire les quelques lignes de code qui permettaient d'opérer des paiements en ligne. Il n'était ni incompétent ni malhonnête, il était juste psychorigide dès qu'il s'agissait d'erreurs qu'il se refusait systématiquement à reconnaître avoir commises.

Il aimait puiser dans les idées de son entourage, les récupérer, les amender et se les accaparer.

Dès le début de la décennie 2010, quand le CNCEJ mettait en place les cartes d'experts qui avaient permis à

Louis Froissard d'apprendre l'existence d'Archilexe, il a mis en place un système de cartes d'expert en carton pour permettre l'accès au palais de justice de Paris sans faire la queue avec les justiciables et les touristes. Il s'était juste arrangé avec les gendarmes qui assurent le contrôle d'entrée, mais il avait fait l'impasse sur le fait que seul le procureur général avait autorité pour signer une carte qui confère à son porteur la qualité d'expert de justice. C'était pourtant cette problématique qui avait été au cœur des travaux qui avaient conduit à la carte d'expert que nous connaissons encore aujourd'hui.

C'était tout Paul Joliet. D'abord une bonne idée : faire un simple laissez-passer qui coûterait moins cher qu'une carte d'expert parce qu'il n'aurait pas besoin de chaîne de confiance électronique. Puis une moins bonne : appeler ça une carte d'expert. Enfin une exécrable : négocier l'accès avec les gendarmes au nom d'experts qui ne l'avaient pas mandaté à cet effet. Contré sur les faiblesse de son dispositif, au lieu de lui apporter les correctifs nécessaires, il s'est entêté et est allé si loin dans le dénigrement de la vraie carte d'expert et d'Archilexe qu'il mettait dans le même sac, qu'il a été convoqué devant une instance disciplinaire du CNCEJ où il n'a pas su expliquer les raisons de sa position.

En fait ce qui motivait sa colère était le fait qu'avec un autre cabinet informatique de sa connaissance, il développait une plateforme de dématérialisation identique à Archilexe qu'il avait appelée SV-Teiler. Toutefois, toujours avec son habitude de ne pas prendre conseil autour de lui, cette plateforme n'avait pas d'accès sécurisé autrement qu'avec un identifiant et un mot de passe. Bernard, puis le CNCEJ avaient étudié la question de façon approfondie avec les avocats et la chancellerie. Leur conclusion avait, chaque fois, été catégorique : une sécurité de cette nature, identifiant et mot de passe, est inacceptable dans la chaîne judiciaire.

— Login password, c'est bien suffisant. Tous les sites marchands s'en contentent, et même les banques.

— Non, Paul, non, ne mélange pas tout. Les transferts interbancaires se font à l'aide de certificats, pas par identifiant et mot de passe.

— Avec un certificat, c'est pareil il faut un mot de passe.

— Non, ce n'est pas pareil. Il faut un mot de passe et un certificat. Le certificat est incopiable et il a été remis en mains propre par quelqu'un qui connait le titulaire et peut garantir que c'est bien à lui qu'il l'a remis.

— Un mot de passe envoyé dans un courrier recommandé, c'est pareil.

— Là non plus. Le ministère de la justice a besoin d'avoir l'assurance que celui qui se connecte à la plateforme est bien celui qu'il prétend être ou quelqu'un qui opère pour lui et sous son contrôle. Pour Archilexe, par exemple, il faut, certes, connaître le mot de passe, mais il faut aussi avoir physiquement la carte elle-même. L'expert peut confier sa carte à son assistante. Il le fait sous sa responsabilité et l'assistante lui rend sa carte.

— C'est pareil avec l'identifiant et le mot de passe.

— Justement non : la carte à puce est incopiable, l'identifiant non. Ainsi quand on se connecte avec un identifiant et un mot de passe, le titulaire réel n'est pas à même de dire et prouver que ce n'est pas une tierce personne qui utilise à son insu une copie de ses identifiants oubliée de tous. Avec un certificat matériel, il en apporte la preuve en présentant son certificat : puisqu'il est incopiable, s'il est entre ses mains, c'est la preuve qu'il n'est pas en d'autres mains.

— Les certificats sont chers et il est scandaleux que Bernard s'en mette plein les poches.

— Bernard ? Tu devrais en parler avec lui parce que je crois qu'il s'est désengagé d'Archilexe et, surtout, il n'a jamais été intéressé à la vente des certificats.

— En tout cas, Archilexe c'est trop cher, je prépare une plateforme moins chère.

— Si elle est accessible par identifiant et mot de passe, tu perds ton temps. Tu n'auras jamais l'agrément du ministère ni celui du CNCEJ

— C'est Bernard qui touche de l'argent sur Archilexe…

— Écoute, tu devrais au moins lui poser la question. Pour moi, Bernard n'est plus rien dans Archilexe. Il reproche d'ailleurs au CNCEJ de l'avoir lâché et de lui avoir fait perdre beaucoup d'argent… Alors je ne sais pas ce qu'il en est de son statut, mais ce que je peux te garantir, c'est qu'il a perdu une fortune qu'il ne récupérera jamais… Mais demande-lui, il te répondra.

— Je n'ai pas confiance

— Demande-lui des preuves. Il est assez soupe-au-lait et il s'offusquera que tu n'aies pas confiance, mais je te promets d'exiger de lui qu'il te fournisse toutes les preuves qu'il n'est plus rien dans Archilexe. Il m'écoute et il obtempérera. Ce n'est que s'il te les refuse que tu pourrais avoir des doutes. Mais en l'état, moi, je me refuse à entendre ce que tu me dis sur lui…

Paul Joliet, têtu comme une mule, n'a jamais questionné Bernard et a continué à le croire gérant d'Archilexe. Qui plus est, il est resté persuadé que les cartes d'expert étaient des cartes Archilexe et que Bernard en faisait un commerce juteux. Ce qui perturbait surtout Paul, c'était une question de gros sous. SV-Teiler était un peu moins cher qu'Archilexe à cause du prix du certificat. Si les experts ont un certificat par ailleurs avec leur carte d'expert, alors SV-Teiler est nettement plus cher qu'Archilexe. Mais, comme toujours, il ne s'ouvrait à personne de ses interrogations. C'était dans sa nature de nier les problèmes plutôt que de les résoudre.

Chapitre XI
Julien Rabajoy

Julien Rabajoy était un ami très proche de Paul Joliet. Architecte-expert comme lui, il était président d'une petite compagnie d'experts dont Paul Joliet était membre. Il avait accepté de demander à ses troupes d'utiliser la plateforme SV-Teiler de son ami Paul au lieu de l'Archilexe du CNCEJ.

Survinrent alors, coup sur coup, deux évènements qui lui furent autant de coups de tonnerre dans un ciel serein. La Bande des Six avait terminé ses travaux et ils débouchaient enfin sur une convention du 18 avril 2017 consacrant la procédure Archilexe comme moyen d'échange dématérialisé en expertise judiciaire. Cette convention fut suivie, deux mois après, d'un arrêté du ministre de la justice consacrant la plateforme Archilexe du CNCEJ comme logiciel unique pour tous les échanges dématérialisés en expertise judiciaire.

— On ne peut pas laisser passer ça, disait Paul. J'ai développé SV-Teiler, je veux qu'on puisse l'utiliser !

— SV-Teiler, c'est vraiment mieux qu'Archilexe ?

— C'est la même chose en moins cher… Il y en a qui s'en mettent plein les poches avec ces textes de monopole.

— Qui ?

—   Bernard, bien sûr…

—   Attention de ne pas porter d'attaques que tu ne peux prouver…

—   Je peux le prouver… Tiens, voici un K-Bis d'Archilexe. Tu vois bien qu'il est gérant…

—   Oui… En effet, c'est louche. Je ne pensais pas Bernard affairiste comme ça.

Ce que Paul Joliet s'est bien gardé de dire à son ami, c'est que, lorsqu'il était allé sur "Infogreffe" pour commander ce K-Bis, le dernier acte qu'il y avait trouvé datait de 2009 et était la dissolution de la société…

—   En plus, poursuivait Paul, j'ai pris des risques financiers, le cabinet informatique aussi. Si on n'a pas le droit d'utiliser, SV-Teiler, ça va me coûter très cher… Et puis, tu as apporté la caution de la compagnie, alors ça pourrait lui coûter cher à elle aussi !

C'est ainsi, en ruminant ensemble leur rancœur contre Bernard, contre Archilexe, contre le CNCEJ, contre le ministre de la justice et, d'une manière générale, contre le monde entier, qu'ils ont décidé de déposer un recours devant le conseil d'État pour faire annuler l'arrêté Archilexe.

Un premier recours déposé contre l'arrêté leur a semblé trop pauvre. Dans leur combat contre le CNCEJ, ils ont alors décidé de déposer un second recours, contre la convention entre le CNCEJ et le ministère de la Justice et, pour celui-là, d'engager le plus de monde possible à le signer.

Ça prenait carrément des allures de guerre sainte. Les plus illuminés des experts leur répondaient des messages enflammés. Citons par exemple : « Je suis moi-même très attaché à des valeurs fondamentales de notre belle Nation dont les deux principales, dans ce cas précis, sont la liberté de pensée et le respect de la dignité de mes interlocuteurs… ». Quand ils leur demandaient concrètement de s'associer à leur recours contre le ministre de la justice, le lyrisme de la plupart de ces exaltés tombait à plat comme une bouse de vache au bout de sa trajectoire. Mais il s'en est quand même trouvé une quinzaine pour signer le recours avec nos deux compères.

En novembre 2017, alors qu'il n'avait pas encore appris les termes injurieux dans lesquels il était cité par Julien Rabajoy et Paul Joliet dans leurs recours, il discutait avec une consœur en marge d'une réunion à la cour d'appel de Paris. Ils évoquaient la dématérialisation et il exposait que, selon lui, SV-Teiler n'était qu'un clone d'Archilexe dont il reprenait toutes les fonctionnalités à l'exception du contrôle d 'accès sécurisé .

—   Même si, disait-il, tu traites de sujets pour lesquels la sécurité n'est pas essentielle, il faut que tu saches qu'il y a un risque. Si un tiers indélicat verse frauduleusement une pièce sur la plateforme ou si une partie, voulant renier une pièce, accuse un tiers indélicat de l'avoir versée à son insu, tu ne peux rien prouver et tu risques d'être mise en cause dans cet incident de procédure pour avoir choisi une plateforme autre que celle imposée par la Chancellerie.

A ce moment, Julien Rabajoy arriva qui s'introduisit dans la conversation.

—   J'entends que tu parles de dématérialisation ?

—   Oui et je parlais du contrôle d'accès…

—   Un contrôle par identifiant et mot de passe, c'est bien suffisant.

—   J'étais d'accord avec ça dans la plupart des cas, mais depuis l'arrêté ministériel, je le suis moins : si un incident arrive à cause de lui, l'expert qui aura choisi autre chose qu'Archilexe pourra être recherché en responsabilité.

—   Oui, nous avons fait un recours devant le Conseil d'État.

—   Oui, je sais… Bon courage ! dit Bernard, détendu, parce qu'il ne savait pas encore qu'il était nommément cité en termes infamants dans le texte de ce recours, et il ajouta : en plus, SV-Teiler est un plagiat d'Archilexe.

—   Arrête de dire du mal de SV-Teiler

—   J'en dis si peu de mal que, contrôle d'accès mis à part, je le trouve tellement identique à Archilexe que tu risques d'être attaqué en contrefaçon.

—   Tu me menaces d'un procès, là ?

—   Holà non ! Je ne saurais te menacer de quoi que ce soit. Pour faire un procès il faut un intérêt à agir et je n'en ai pas… Je ne suis plus rien dans Archilexe.

—   Ce n'est pas ce qu'on dit.

—   On se trompe. Si ce « on » est Paul Joliet, ça ne m'étonne pas, il me hait depuis que j'ai créé les cartes
60

d'expert du CNCEJ qui ont ruiné un projet qu'il était en train de développer sans en parler à personne.

— Alors pourquoi me menaces-tu d'un procès ?

— Encore une fois, je ne te menace pas. Je te dis seulement qu'Archilexe appartient à Certifrance et que ce sont des féroces. Les dommages et intérêts qu'ils exigent du CNCEJ si Archilexe voit son monopole menacé sont de cent ou deux cent mille euros, je ne sais plus… Ce n'est pas rien. Alors il n'y a pas de raison qu'ils soient plus coulants avec toi. Je ne te menace pas, je veux juste te mettre en garde. Et méfie-toi de Paul Joliet, sa haine pour moi l'égare.

Une semaine plus tard, la publicité que Paul Joliet et Julien Rabajoy avaient faite autour de ce recours dont ils avaient diffusé le projet à la cour et à la ville, est parvenue jusque dans la boîte mail de Bernard. Jusque-là, il regardait les choses avec détachement, tant un tel conflit lui apparaissait inévitable, au vu des travaux de la Bande des Six et de la manière dont Marcel Titien avait laissé Archilexe plomber le CNCEJ. Bernard n'a reçu ce texte que tardivement parce qu'il ne lui avait pas été envoyé directement par ses auteurs, mais réexpédié par d'autres experts qui lui suggéraient de le lire et de leur dire ce qu'il en pensait.

En lisant ces vingt pages de littérature indigeste, il manqua de s'étrangler à tel point qu'il dut réimprimer le document sur lequel il venait de renverser sa tasse de café. Non, il ne rêvait pas… Il était nommément cité au chapitre des conflits d'intérêts ! Hallucinant… Dix ans après le fiasco qui l'avait dépouillé et spolié de sa création, il était accusé de prise illégale d'intérêts ! Bernard n'en croyait pas ses yeux. Un seul nom était cité dans les vingt pages du recours, le sien, et il l'était frappé du sceau de l'infamie.

« Ils auraient au moins pu me poser la question avant d'écrire ces saloperies. Je leur aurai répondu… Là, ils se basent juste sur le K-Bis d'une société dissoute en 2009. Ils sont fous ! C'est bien le genre de cet introverti de Paul Joliet. Il me hait depuis l'affaire de la carte d'expert et, comme d'habitude, il n'aura voulu consulter personne de peur de découvrir que la réalité n'est pas conforme à la représentation qu'il s'en fait. Et en plus, j'ai vu ce faux-cul de Rabajoy la semaine dernière et il ne m'a rien dit ».

Pendant ce temps, le même Julien Rabajoy écrivait une lettre au président du CNCEJ pour dénoncer les menaces qu'aurait proférées Bernard à son endroit. Ce courrier était si incohérent qu'il prêtait même à Bernard des propos ineptes que Julien Rabajoy avait glanés en assemblée générale du CNCEJ dans la bouche d'un expert en informatique dont les mots dépassaient clairement la pensée.

La guerre était déclarée.

Chapitre XII
René Galland

Depuis deux ans, René Galland avait succédé à Marcel Titien à la tête du CNCEJ. René Galland était un ingénieur méridional plein de qualités, mais qui avait un défaut majeur, celui, pour utiliser un euphémisme, de ne pas toujours comprendre tout ce qu'on lui expliquait.

Un conflit entre experts n'a pas à être porté sur la place publique. Cela faisait partie des règles de comportement édictées par le CNCEJ et auxquelles tout expert membre d'une compagnie adhérente avait obligation de se plier. Ces règles, éditées sous le titre « Vade Mecum de l'Expert de Justice », faisaient obligation à Bernard de solliciter du CNCEJ l'organisation d'une résolution amiable du conflit qui l'opposait aux signataires du projet de recours qui le diffamait. À cet effet, il fit une lettre circonstanciée au président Galland dans laquelle il exposait deux griefs. Le premier était celui d'avoir vu sa réputation d'intégrité salie par ce projet de recours qui circulait partout dans le monde des experts et le second était ce courrier dans lequel Rabajoy faisait une interprétation perfide de ses propos et lui prêtait même des propos qu'il n'avait jamais tenus et qui, le procès-verbal en faisait foi, avaient été tenus par un autre expert en assemblée générale du CNCEJ peu de temps auparavant. Il sollicitait donc du CNCEJ l'organisation d'une médiation entre d'une part lui-même et d'autre part

Julien Rabajoy et les autres signataires du texte du recours où il était accusé de prise illégale d'intérêts.

Le président Galland refusa tout net par une lettre d'une seule phrase, dont la sécheresse et le laconisme étaient rien moins qu'insultants. Pas trop rancunier, Bernard a pris sur lui et a compris que René Galland d'une part n'avait aucun savoir-vivre et d'autre part n'avait rien compris. Plus tard, sa réaction l'a conforté dans cette analyse.

—   Il faut absolument que je te parle. Tu es à Paris, au CNCEJ deux jours par semaine, demanda Bernard, veux-tu que je passe te voir à l'heure que tu voudras cette semaine ?

—   Ce n'est pas possible, je suis surbooké…

—   Quand rentres-tu à Montpellier ?

—   J'ai une obligation ce week-end qui fait que je ne rentre que lundi après-midi.

—   Voyons-nous lundi matin alors…

—   Non, enfin… Non, lundi matin, c'est difficile.

—   Déjeunons ensemble lundi…

—   J'ai un cocktail à la chancellerie… Je ne sais pas…

—   Il est à quelle heure, ton train ?

—   16 heures, mais…

—   À la gare de Lyon ?

—   Oui, mais…

—   Bon. Je déjeunerai au Train Bleu à la Gare de Lyon. Dès que tu sors de ton cocktail, tu m'y rejoins. Si tu arrives avant 13 heures, tu auras un déjeuner complet et plus tu arriveras tard, moins tu en auras. A quatorze heures, tu auras encore le dessert, mais si tu arrives après, tu n'auras que le café… Et tu y perdras, parce que le chef du Train Bleu, est nettement meilleur que le traiteur de la chancellerie ! Il est de notre intérêt à tous les deux que nous nous parlions, et que nous nous parlions rapidement.

— Bon… D'accord, à lundi au Train Bleu.

— Tâche de venir au moins pour le dessert, leur baba est à tomber !

Bernard, pour faire une vérification, appela maître Philippe Frachon, avocat attitré du CNCEJ et des experts dans leurs litiges judiciaires. La conversation a été édifiante.

— Vous comprenez que le CNCEJ ne pouvait pas accepter de faire une médiation dans ce domaine, il est quand même assigné au Conseil d'État par vos adversaires.

— Je ne lui demande pas forcément de la faire, cette médiation, mais de l'organiser. Il désigne un conciliateur indiscutable, un avocat reconnu ou un magistrat respecté, et ça fera l'affaire.

— Vous comprenez qu'il ne peut pas…

— Non, je ne comprends pas. Ça fait partie de ses obligations premières. Incroyable qu'une affaire mercantile détourne le CNCEJ de ses devoirs. Il a vendu son âme pour deux cent mille euros…

— Pas tout à fait quand même…

— Si, tout à fait, parce que, faute de règlement amiable, je serais forcé d'aller en justice. Ce qui m'en empêchait jusqu'ici était les règles de déontologie, mais si le CNCEJ, qui a obligation de faire respecter ces règles, ne les respecte pas lui-même, ce code de déontologie n'est plus qu'un torche-balle et je devrai aller en justice.

— Je ne vous conseille pas d'aller en justice…

— Le problème, c'est que, dans cette affaire, vous ne pouvez pas être mon conseil, et je le regrette, puisque vous êtes celui du CNCEJ et que vous lui avez conseillé de m'envoyer paître avec ma demande de médiation.

— Vous y allez fort… Envoyer paître.

— Une missive d'une seule phrase, non argumentée, en réponse à une demande circonstanciée de plusieurs pages, c'est ni plus ni moins qu'un camouflet. Je vais demander à un autre médiateur de tenter une médiation.

— À qui pensez-vous ?

— Je ne peux pas vous répondre, parce que je ne suis pas sûr de la position de votre client, le CNCEJ, à mon égard…

— Enfin, Bernard, nous travaillons en confiance…

— Je n'en suis plus très sûr. Je vous le dirai lundi soir.

Lundi, René Galland a commencé par remonter dans l'estime de Bernard en arrivant à peine après treize heures. « Il aime plus la bonne chère que les ronds de jambe au ministère. Un bon point pour lui ». Ce fut le seul bon point de tout le repas. Bernard découvrait un Robert Galland incapable de penser par lui-même et récitant le catéchisme que lui avait inculqué maître Frachon.

66

—   Je te demande juste de nommer un médiateur. Si c'est toi qui le nommes, Rabajoy et Joliet n'oseront pas le récuser, surtout si tu nommes un magistrat.

—   Tu crois que je peux désigner un magistrat ?

—   Tu désignes qui tu veux, si tu lui demandes d'abord… Il peut refuser, mais les magistrats refusent rarement une des rares activités extraprofessionnelles qui leur sont autorisées…

—   Ah ? Eh bien… Au fait non, je ne peux pas. Tu comprends, tes adversaires ont assigné le CNCEJ devant le conseil d'État…

—   Et alors ?

—   Alors ? Eh bien… Je ne peux pas…

—   Bon… Si je veux comprendre pourquoi, il faut que je demande à Philippe Frachon, c'est ça ? C'est lui qui t'a interdit de le faire…

—   Il ne m'interdit rien, mais, dans le cadre du procès devant le Conseil d'État…

—   Ne te fatigue pas, président. J'ai compris… Mais je n'ai pas de temps à perdre parce qu'en matière de diffamation, les délais de prescription courent et ils sont brefs. Tu dois me dire oui ou non, mais pas peut-être… Aujourd'hui, c'est l'ultime occasion de revenir sur ton refus.

—   Je ne t'ai pas dit non…

—   Et cette lettre en forme de coup de pied au cul que tu m'as envoyée, c'est quoi, si ce n'est pas un non ?

—   Oui, j'aurais dû y mettre les formes.

—   Ç'aurait été une fin de non-recevoir au lieu d'un coup de pied au cul, mais, sur le fond c'était pareil. Alors écoute-moi bien. Je ne perds pas espoir de réussir, malgré toi…

—   Pas malgré moi, si je peux t'aider…

—   Tu le pourrais en diligentant cette médiation mais tu ne veux pas… Ou plutôt tu ne veux pas déplaire à maître Frachon qui ne veut pas… Alors voilà. Il y a longtemps j'ai été sollicité par le CNCEJ pour créer Archilexe. À deux reprises, il a renié sa parole. J'ai perdu une petite fortune dans l'affaire. Je n'ai jamais fait de scandale parce que je considérais jusqu'ici que le CNCEJ devait être préservé afin de préserver la réputation des experts. Si je ne parviens pas à régler à l'amiable le litige avec Joliet et Rabajoy, ce sera la preuve que le CNCEJ n'est pas capable de remplir sa mission qui est de faire régner l'ordre parmi les experts. Si le CNCEJ ne le fait pas, je n'ai aucune raison de ménager sa réputation. Le CNCEJ est devenu une officine affairiste et ses anciens présidents Kessel, Fodongo et Lentier n'ont pas de parole… Je suis encore à peu près le seul à le savoir. Mais demain, tout le monde le saura

—   Mais comment…

—   Dès qu'ils m'ont eu ruiné pour que j'abandonne Archilexe, ils s'en sont emparés tels des vautours pour en faire la coquecigrue juridico-financière que tu connais. Parce que tu la connais, n'est-ce pas ?

—   …

—   Ouvre le yeux et renseigne-toi ! De toute façon, j'ai le dossier et je peux tout prouver. Alors si tu m'aides, c'est par moi que tu découvriras les turpitudes du CNCEJ, sinon, ce sera par la presse. Alors, une bonne idée, si tu veux me donner un gage de bonne volonté, ce serait de reconnaître publiquement les torts du CNCEJ à mon égard, juste pour me rendre justice quand Rabajoy et Joliet me calomnient ou, si tu préfères, juste pour éviter que je ne publie le dossier. N'oublie pas qu'en matière de de conflit d'intérêts, j'ai le contrat CNCEJ-Certifrance que ni Marcel Titien ni toi n'avez jamais osé communiquer à l'assemblée générale du CNCEJ. Moi, je n'aurai pas ces pudeurs.

Après ce déjeuner qui fut un dialogue de sourds, ou plutôt un monologue pour un malentendant, Bernard sollicita l'ancien président Donatien Loilier-Combu pour être médiateur entre lui et le groupe de signataires du recours infâmant mené par le tandem Joliet Rabajoy. Loilier-Combu accepta la mission, mais il se heurta à un mur : Ni Joliet ni Rabajoy n'acceptaient fût-ce simplement de le recevoir.

En refusant, ils savaient que leur mauvaise foi allait être patente parce recevoir un médiateur pour lui exposer son point de vue n'engage à rien : un médiateur est tenu au secret et, de toute façon, une médiation n'a pas de caractère contraignant puisqu'elle peut être dénoncée par l'une et l'autre partie. Donatien Loilier-Combu était interloqué, mais Bernard moins. Le caractère introverti qu'il avait constaté chez Paul Joliet déteignait chez Julien Rabajoy. Tous deux refusaient de voir les problèmes de peur d'avoir à les résoudre, tout comme ils refusaient de voir la vérité de peur qu'elle ne cadre pas avec l'idée qu'ils s'en étaient faite. Parce que la seule contrainte d'une médiation est d'obliger chaque partie à entendre du médiateur le point de vue de l'autre.

Deux jours plus tard, René Galland envoya un e-mail à Bernard exposant qu'il se proposait de publier un historique d'Archilexe. A la lecture de cet historique, Bernard comprit qu'il avait perdu son temps au Train Bleu parce que René Galland ne comprenait décidément rien à rien.

Bernard a alors demandé justice au juge de la diffamation. Il contrevenait clairement aux règles édictées par le CNCEJ. il venait de franchir le Rubicon.

Chapitre XIII
Sur l'autre rive du Rubicon

Une constante des procès en diffamation est leur difficulté procédurale. Il lui fallait assigner tous les diffamateurs, auteurs et éditeurs de la diffamation sous peine de voir la responsabilité de la diffamation rejetée sur celui qu'il n'aurait pas assigné et qu'il ne pourrait plus jamais assigner à cause de la prescription. Il a donc assigné en justice non seulement Julien Rabajoy et Paul Joliet, mais aussi tous les signataires et rédacteurs déclarés de ce projet de recours qui le diffamait et qu'ils avaient fait circuler dans tout le monde expertal.

Un principe du droit de la diffamation est l'exception de vérité : un fait vrai n'est jamais diffamatoire. Pour Bernard, la chose était claire, il n'était plus rien dans Archilexe et l'accuser de conflits d'intérêts ne contenait pas une once de vérité. D'ailleurs, en diffamation, celui qui veut exciper de l'exception de vérité, doit le faire explicitement et dans un délai très court après avoir été assigné. Bien entendu, aucun de ses adversaires ne l'a fait. Ils ont reconnu ainsi avoir menti ou avoir souscrit de mauvaise foi aux allégations mensongères des deux architectes.

Une autre difficulté est le fait qu'un écrit judiciaire n'est pas diffamatoire. Cela s'appelle l'immunité judiciaire. Mais cette immunité judiciaire a deux limites. La première est qu'elle s'arrête aux portes du prétoire. Un écrit judiciaire diffusé hors du tribunal ne bénéficie pas de l'immunité. La publicité-retape qu'avaient faite Julien Rabajoy et Paul Joliet juste avant de déposer leur recours et qui l'avait fait connaître à tout l'univers des experts ne pouvait pas bénéficier de l'immunité judiciaire. L'autre limite est que les faits allégués doivent servir la cause défendue. En l'occurrence, et c'est surtout cela qui avait mis Bernard en rage, c'est que l'accuser de turpitude ne servait en rien leur dossier parce que, si turpitude il y avait, elle ne pouvait être le fait que de ceux qui ont traité de l'affaire. Elle ne pouvait être le fait que de la Bande des Six… Mais pression des cercles de relations dans lesquels évoluaient Julien Rabajoy et Paul Joliet, à moins que ce ne soit que la haine qu'ils portaient à Bernard, toujours est-il qu'ils se sont bien gardés de jeter le projecteur sur la Bande des Six et sur le fait que l'arrêté ministériel qu'ils attaquaient faisait gagner deux cent mille euros au CNCEJ. Pourtant ils savaient parfaitement tout cela.

Bernard broyait du noir. Il en avait assez de cet univers pestilentiel que de pitoyables cacochymes s'efforçaient de faire passer pour le monde des Bisounours en publiant de vertueuses professions de foi comme ce « Vade Mecum de l'Expert de Justice » dont ils ne pensaient pas un mot au point que, quand il s'est agi de choisir entre leur âme et deux cent mille euros, ils ont choisi de perdre leur âme.

Bernard avait encore des amis… Mais nombre de ceux qui se proclamaient tels ont détalés comme des lapins dès qu'il s'est mis hors-la-loi en allant en justice contre des confrères. Ils le traitaient en pestiféré. Lui-même évitait de fréquenter les réunions et colloques d'experts de peur de mettre mal à l'aise ceux qui ne voulaient pas s'afficher avec lui. En un mot comme en cent, il avait, sans le vouloir, élagué les branches pourries de son réseau de relations.

C'est ainsi qu'alors qu'il s'attendait à y trouver hostilité et agitation, Bernard découvrait, sur l'autre rive du Rubicon, un monde plus simple et plus vrai. Un monde plus calme aussi, mais il ne l'était qu'en apparence comme il l'apprendra à ses dépens. Un monde sans les caciques, ni les machiavels d'arrière-cours et autres comploteurs de café du commerce et agités du bocal qui tenaient le haut du pavé en cis-rubiconie céhennecéheugienne.

Chapitre XIV
Armelle Vasseur

Comme Bernard venait d'assigner ses adversaires, le président Galland cédait enfin son siège à une présidente, Armelle Vasseur. Contrairement à son prédécesseur, Armelle Vasseur était fine et elle comprenait vite. Bernard la connaissait bien depuis longtemps..

Afin de lui exposer son affaire et la solliciter de revenir sur le refus imbécile de son prédécesseur, il l'avait retrouvée pour un déjeuner de travail à Amiens, dans un restaurant d'excellente gastronomie régionale où, tout en se délectant d'une mémorable ficelle picarde, il lui disait :

— Tu comprends, Armelle, je suis devant le juge parce que je ne pouvais pas faire autrement sauf à laisser passer la prescription.

— Tu aurais simplement pu traiter ça par le mépris…

— … Et ainsi laisser croire que j'ai quelque chose à me reprocher ? Non, non… Non, merci ! Impossible… Même en médiation, je ne serais pas passé là-dessus. Justement, la seule chose que j'aurais exigé en médiation, est que mes adversaires fassent amende honorable…

— Tu n'imagines pas qu'ils en soient capables. La moitié d'entre eux sont des exaltés dont la passion atténue les facultés intellectuelles.

—   Quand je dis amende honorable, ça veut dire honorable. La publication d'un simple communiqué dans les "Brèves" du CNCEJ et dans la revue Experts disant qu'ils avaient été abusés par le fait que ma SARL, dissoute depuis dix ans, n'avait pas encore été radiée du registre du commerce, me suffisait… Mais René Galland n'a rien voulu entendre…Aujourd'hui, je réclamerais, en plus, un peu d'argent. Tu n'imagines pas combien ça coûte en huissiers d'assigner vingt personnes !

—   Tu avais dit ça à René ?

—   Oui, mais, tu connais René, il ne comprend pas toujours tout ce qu'on lui dit… Et il était paralysé de terreur à l'idée qu'il pourrait prendre un engagement vis-à-vis de moi qui puisse déplaire à Maître Philippe Frachon.

—   Ce qui est sûr, c'est que, devant le Conseil d'État, le CNCEJ est l'adversaire de tes adversaires… Il n'a donc pas la neutralité nécessaire à un médiateur ou à un arbitre…

—   Je ne lui demandais pas de faire cette médiation lui-même, je lui demandais juste d'utiliser son autorité disciplinaire pour que cette médiation ait lieu. Pour obliger mes adversaires à accepter de recevoir un médiateur… Je ne dis même pas accepter la médiation… Ce qu'il y a de bien avec une médiation, c'est qu'on peut toujours refuser les conclusions du médiateur… Ça oblige juste à dialoguer avec lui.

—   J'ai bien compris… Le procès au Conseil d'État nous paralyse. Mais j'ai bien compris tes attentes et je te promets de plaider ta cause devant le conseil d'administration et de voir avec Philippe Frachon. Tu sais que je compatis…

—	Venant de toi, je sais que tu compatis sincèrement, mais j'ai tant de fois entendu ça dans la bouche de gens qui m'ont poignardé…

—	Qui ?

—	Ne le leur répète pas, mais Philippe Frachon, justement, et, entre autres, Paul Lentier ou encore Jacques Kessel…

—	Philippe Frachon ?

—	Oui, il y a quatre ou cinq ans, j'avais été attaqué pour partialité par un avocat qui faisait passer son militantisme avant même les intérêts de sa cliente.

—	Vraiment ?

—	Oui, il voulait ma peau depuis que j'avais fait un rapport mettant en évidence des erreurs dans les fondements scientifiques d'un document administratif qui sert à accorder ou refuser certains permis de construire chers aux écolos. Dès qu'il a constaté, dans une expertise analogue, que mes opérations d'expertise allaient, au contraire, conclure en faveur de la position de sa cliente, il a excipé d'une publication que j'avais faite plusieurs années auparavant et il m'a fait récuser, sans considération pour l'intérêt de sa cliente à qui ça a fait perdre dix-huit mois de procédure.

—	C'est scandaleux !

—	Oui, mais peu importe, et ce n'aurait été qu'un incident sans conséquence s'il ne s'était ensuite répandu en publications me traitant d'expert partial. Maître

Frachon a refusé de poursuivre et de faire reconnaître l'iniquité de cette accusation. Il a préféré les intérêts financiers à la sauvegarde de ma réputation et m'a fait abandonner la procédure. Oh, ça ne m'a pas coûté un centime, parce que l'assurance a tout payé, mais j'ai détesté parce qu'à tout prendre, je préfère encore perdre de l'argent qu'être diffamé.

—   Tu es un idéaliste ?

—   Je ne sais pas, mais, là, je ne tomberai pas dans le piège des conseils de Maître Frachon…

—   Pourtant, il défend bien les intérêts du CNCEJ.

—   C'est là le hic. En refusant la médiation que je sollicitais, René Galland a délibérément fait diverger mes intérêts de ceux du CNCEJ…

—   Écoute, Bernard… Je comprends , je compatis et je te promets de faire tout ce que je pourrai, mais tu comprendras que, s'ils divergent, je sois contrainte de mettre les intérêts du CNCEJ avant les tiens.

—   Je le comprends, présidente, bien sûr, mais garde bien à l'esprit le tort que cela causera au CNCEJ quand il apparaîtra qu'il s'est refusé, pour des raisons de gros sous, à faire son devoir vis-à-vis d'experts en conflit ! Philippe Frachon est ton avocat. Ce qu'il veut, c'est que tu gagnes ton procès devant le Conseil d'État. Mais toi, tu devras exister après ce procès. Tu vas le gagner, mais ne crois-tu pas qu'il vaut mieux affaiblir un tout petit peu tes chances de le gagner plutôt que de gagner à coup sûr et de transformer le CNCEJ en champ de ruines ?

—   Le CNCEJ n'est pas en ruine !

— Pense à ce qu'il sera s'il apparaissait un jour que son virage mercantile l'a rendu incapable de remplir une de ses missions fondamentales et suspendu au-dessus de sa tête l'épée de Damoclès d'une accusation de prise illégale d'intérêts ?... Non, ne me réponds pas. Médite juste cela.

Armelle Vasseur a beaucoup repensé à cette conversation. Elle en a parlé avec Maître Frachon, et avec Paul Lentier qui avait pris l'habitude de continuer à tirer les ficelles du CNCEJ et qui en maîtrisait les arcanes bien mieux qu'elle.

Les caciques, éternels immobilistes partisans de la politique du chien crevé au fil de l'eau, lui chantaient en chœur avec Philippe Frachon « Que sera sera, whatever will be will be » au point qu'elle aussi a été forcée de baisser les bras… « Et après tout, merde. Après moi le déluge ! ».

Bernard rongeait son frein pendant que la procédure judiciaire suivait son cours.

Quelques mois après, le Conseil d'État a donné raison au ministère de la justice et au CNCEJ en déboutant leurs adversaires de leurs demandes d'annulation de la convention et de l'arrêté Archilexe.

Bernard félicita chaudement Armelle Vasseur et lui dit que, maintenant que le CNCEJ n'était plus en procès avec eux, rien ne s'opposait plus à ce qu'elle diligente la médiation qu'il sollicitait.

Elle reçut de ses adversaires une fin de non-recevoir. Elle en était si honteuse qu'elle n'eut pas le courage d'en avertir Bernard qui l'apprit par la rumeur publique. Et quand il lui demanda alors d'user du pouvoir disciplinaire du CNCEJ pour sanctionner les experts qui manquaient à ce point à la déontologie, elle ne lui fit aucune réponse.

Ainsi, le CNCEJ n'avait plus que l'argent en tête. Le risque de perdre des cotisations était plus important que celui de faire respecter les règles de déontologie qu'il avait, pourtant, lui-même édictées et qu'il brandissait pompeusement dans tous les congrès et colloques comme les Inquisiteurs du Moyen-âge brandissaient leur bible dans tous les tribunaux.

Bernard avait définitivement perdu ses illusions. Il décida de fermer son cabinet d'expertise et de demander sa radiation des listes d'experts, pour « n'avoir pas à figurer sur une même liste que des menteurs qui assouvissent leur haine et échappent à la justice en s'abritant lâchement derrière une immunité judiciaire dévoyée, et pour ne pas avoir à payer une cotisation à une association qui vend son âme pour deux cent mille euros »

Après tout, se disait-il, si on franchit le Rubicon, ce n'est pas pour voir si l'herbe est plus verte sur l'autre rive, c'est pour la mettre à sac.

Il ne croyait pas si bien dire, parce que l'armée adverse y était déjà en manœuvre.

Chapitre XV
Philippe Frachon

Ce jour-là, une réunion au sommet se tenait rue du Débarcadère à Paris, au siège du CNCEJ. Il y avait Paul Lentier qui, à cause de sa personnalité envahissante, présidait de fait la réunion, Armelle Vasseur, la présidente en titre du CNCEJ, le vieux Jacques Kessel, cet ancien président qui avait causé tant de tort à Bernard, Maître Philippe Frachon et Arthur Planck, un expert en criminologie, récemment entré au conseil d'administration du CNCEJ. La réunion avait pour objet de mesurer les risques que le conflit de Bernard avec Julien Rabajoy, Paul Joliet et autres déstabilise l'équipe dirigeante du CNCEJ.

— Nous sommes dans une situation difficile, disait Paul Lentier. Bernard est dangereux… Dans le passé, il m'a déjà menacé d'attaquer le CNCEJ en justice…

— Oui, répondit Philippe Frachon, mais il a eu les ailes coupées par Certifrance, grâce à vous ! Mais ce contrat CertiFrance, que dit-il ? C'est quoi ?

— C'est le contrat par lequel Certifrance a développé la plateforme Archilexe et la met à la disposition du CNCEJ. Il a pris tous les frais de développement à sa charge, à condition que le CNCEJ assure un monopole à Archilexe.

— Mais j'avais déjà dit, il y a plusieurs années, qu'il ne fallait pas signer ça. D'ailleurs, Donatien Loilier-

Combu avait résolu de payer les développements et, en retour, d'être propriétaire de la plateforme dont Certifrance ne serait que l'opérateur, rémunéré pour ce service...

—	Oui, mais ça coûtait deux cent mille euros au CNCEJ, alors Marcel Titien a préféré faire comme ça...

—	Et personne n'a protesté ?

—	Non, parce qu'on ne l'a dit à personne !

—	Ça met le CNCEJ à la merci de Certifrance. Il aurait au moins fallu loger ça dans une structure indépendante. Même dans l'autre configuration, celle où vous achetiez la plateforme, je me rappelle que j'avais conseillé à Donatien Loilier-Combu de la loger dans un GIP pour que le CNCEJ ne soit pas un opérateur commercial.

—	C'est apparu inutile, puisqu'il n'y avait plus besoin de capital, ni d'emprunt...

—	Ça aussi, vous ne l'avez dit à personne ?

—	Non, intervint Armelle Vasseur, ça, ça a été débattu en assemblée générale...

—	Et personne n'a moufté ?

—	Si, un seul, Bernard, justement... Il a été très insistant. Et quand la décision de ne pas faire ce GIP a été prise contre son avis, il a décidé de ne pas se représenter au conseil d'administration... Pour, justement, marquer sa désapprobation.

— Bernard nous tient. Il révèle ça et le et le président du CNCEJ risque la mise en examen… Ça et le contrat Certifrance, c'est de la nitroglycérine…

— Alors, reprit Armelle. Je le connais bien et si nous l'aidons, il se tiendra bien… Il faut que nous organisions la médiation qu'il réclame… En plus il a tout à fait raison de la réclamer.

— Impossible, répondit Jacques Kessel. La compagnie de Julien Rabajoy s'y oppose.

— Les règles de déontologie sont claires, si elle s'y oppose, elle est en tort…

— Et alors ?

— Il faut la sanctionner…

— Comment ?

— Une seule possibilité : l'exclure du CNCEJ…

— Eh ! dit Paul Lentier… C'est pas loin de six mille euros de cotisations annuelles perdus pour nous… Sans compter que, si on l'exclut, cela va conduire d'autres compagnies à partir. J'ai eu beaucoup de mal, mais j'ai réussi à faire venir la quasi-totalité des compagnies. Mais les forces centrifuges sont puissantes. Non, non, s'ils ne veulent pas, on ne doit pas les forcer.

— Mais si on ne peut pas faire respecter nos règles de déontologie, alors à quoi servons-nous ?

— Et si on excluait Bernard ? suggéra Jacques Kessel ?

— Ce n'est pas comme ça que vous le rendriez inoffensif… Non, ce qu'il faut, ce n'est pas l'exclure, c'est l'empêcher de nuire…

— Comment ? Il est incorruptible…

Après la réunion, Arthur Planck, qui n'avait rien dit de toute la réunion, prit Philippe Frachon à part.

— J'ai une idée, mais elle ne vous plairait pas. Attendez quelques jours, notre problème sera peut-être résolu.

— Vous devez me dire quelle est votre idée…

— Je vous en dirai plus dans quelques jours. Là, je ne peux pas.

Arthur téléphona alors à un de ses anciens collègues qui travaillait maintenant dans les services dits "spéciaux" de la République. Nul ne saura jamais ce qu'ils se sont dit, mais un homme de main s'introduisit la semaine suivante dans le garage de la maison de Bernard. Quand Bernard sortit avec sa voiture le lendemain, c'était juste pour la porter en révision au garage Mercédès au Port-Marly.

Une heure après en être reparti avec une Smart de courtoisie, il reçut un étrange SMS « Abandonnez ». Abandonner quoi ? Il pensa à une erreur de numéro et oublia.

Il n'y attacha pas plus d'importance, mais quand il alla rechercher sa voiture le lendemain après la révision, il eut la peur de sa vie. « Je ne sais pas comment vous avez fait ça, mais vous avez eu une chance inouïe. Vous rouliez une demi-heure de plus et vous vous retrouviez moteur emballé et sans freins. Deux tubulures hydrauliques en même temps usées à se rompre… Je ne sais pas… Ça ne peut pas s'user à cet endroit-là… Et surtout pas les deux à la fois… Je n'y comprends rien. Je vais faire un signalement au siège de Mercedes. »

Bernard rapprocha cela du mystérieux SMS et conclut qu'il venait sans doute d'échapper à un attentat. Comme toujours, la police a refusé sa plainte, parce que, lui a-t-on dit, « finalement tout s'est bien passé, il ne vous est rien arrivé ». Il déposa une simple main courante qu'il classa dans son dossier CNCEJ. Il avait franchi le Rubicon et l'ennemi devenait franchement dangereux.

Chapitre XVI
Arthur Planck

« *Le fait, par une personne [...] chargée d'une mission de service public [...], de prendre[...], directement ou indirectement, un intérêt quelconque dans [...] une opération dont elle a, au moment de l'acte, en tout ou partie, la charge [...], est puni de cinq ans d'emprisonnement et de 75 000 euros d'amende.* »

C'était l'article du code pénal qui effrayait les dirigeants du CNCEJ. Ils avaient gagné deux cent mille euros du fait de la convention avec la chancellerie et de l'arrêté Archilexe qui s'en est suivi. C'était indéniable, c'était patent et Bernard, incontrôlable, le savait.

Arthur Planck appela son mystérieux correspondant.

—   Alors, tu ne m'as pas dit ?

—   Alors, c'est raté. Il a porté sa voiture chez le garagiste qui a tout découvert. Et il a été porter plainte. J'avais fait ça pour te rendre service, mais maintenant, c'est trop dangereux. Débrouille-toi tout seul.

—   Tu avais fait quoi au juste ?

—   Un spécialiste avait juste bricolé sa voiture.

—   Tu ne veux pas dire que…

—   Rassure-toi, c'est un kit d'intimidation, il ne risquait rien sinon de casser sa voiture. Il était tracké par GPS et on l'aurait arrêté s'il avait fait autre chose qu'un trajet en ville à cinquante kilomètres-heure maximum. Ça devait se produire au bout de deux ou trois kilomètres. Pas de chance, il a pu en faire cinq et demi et pas de chance non plus, c'était précisément pour apporter sa voiture en révision. Chez Mercedes, ils ont vu tout de suite… Alors j'ai demandé à la DGSI d'interdire au commissariat de son domicile de prendre sa plainte, mais il a quand même pu déposer une main courante. Non, crois-moi, c'est chaud… En tout cas, moi, j'arrête. Les services secrets, c'est fait pour préserver les services publics contre des dangers venus de l'étranger, pas contre la connerie de leurs propres agents. Ah, il est gratiné, ton Marcel Titien !

Bernard, méfiant, redoutait d'être surveillé. Il n'utilisa ni le mail, ni son téléphone. Avec toutes les précautions que son hobby d'auteur de romans policiers lui avait fait connaître pour n'être pas suivi, il se rendit dans un curieux immeuble aux fenêtres occultées par des moucharabiehs en tôle de style végétal dans un étroit passage au coin d'un microscopique square dans le douzième arrondissement. Il y rencontra le rédacteur en chef d'un journal en ligne bien connu pour ses lanceurs d'alerte.

La semaine suivante, le Parquet National Financier se saisissait du dossier Archilexe. Trois jours plus tard, la Bande des Six se trouvait en garde à vue. C'est ce scandale qui a sonné la fin du CNCEJ.

Épilogue :
Bernard

Bernard, définitivement retiré des affaires, a suivi dans les journaux la chute de la citadelle CNCEJ. Il a vu les photos des experts de la bande des six arrêtés en leurs cabinets respectifs. La presse ne parlait toutefois pas de Jérôme Davioud, l'œil de Certifrance au CNCEJ.

Il le « googlisa » et quelle ne fut pas sa surprise d'apprendre son décès, quelques semaines plus tôt, dans un accident de voiture. Son dos fut parcouru d'un frisson de peur rétrospective quand il se rappela l'incident Mercédès du mois précédent… « Sans doute était-ce ce qui m'attendait si j'avais fait autre chose que d'aller chez le garagiste ! ».

Son premier réflexe fut de téléphoner au Parquet pour lui faire ce rapprochement.

« Et puis merde, se dit-il… Tous ces gens-là ne sont plus rien pour moi. Ce qui peut leur arriver m'indiffère… Déjà la corvée de devoir témoigner devant le Parquet National Financier et bientôt devant le juge d'instruction… Le CNCEJ, c'est mon ancien monde… Et il s'écroule. »

En voyant, par la fenêtre, le soleil pointer entre les nuages après la pluie du matin, il sut qu'il avait plus urgent à faire.

« Cela est bien dit, entendit-il Candide lui répondre dans sa tête, mais il faut cultiver notre jardin »

Et Bernard entreprit de tailler ses rosiers.